大家
讲述

人心的「趣味」

丰子恺 著

钟桂松 编

上海三联书店

漫画的本色如何？
这非常复杂，总而言之，
与人心的『趣味』相一致。

前言

　　丰子恺（1898—1975）是我国现代著名画家、散文家、教育家、书法家和翻译家，其中尤以漫画家、散文家的身份而知名于世。

　　丰子恺曾说："我的心为四事所占据了，天上的神明与星辰，人间的艺术与儿童。"纵观其一生，笃信佛教而又充满孩子气的他，对这个世界可谓满含悲悯和温情，始终葆有一颗天真烂漫的童心。这些特点毫无保留地反映到了他的文艺创作上，其文平实自然，质朴纯真；其画诙谐隽永，意味绵长，实为我国近现代史上卓然自立的一代文艺大家。

　　丰子恺先生作为画家和美术教育家，不仅开创了中国漫画的全新局面，而且敢于直面社会现实，又对世事常怀体贴入微的深情，充满了人间烟火和人情味。正如他自己所说："我希望我的绘画中有人情味和社会问题，我希望我的绘画是文学方式的另一种表态。"这样的创作态度和理念，使得他的散文和漫画作品均能别具一格，超越了时代，至今仍深受广大读者的喜爱。

本书是从丰子恺诸多散文名篇中摘录而成，以保留原作语言风格和凸现时代特征的习惯用语为原则，紧紧围绕"丰子恺的绘画人生"这一主题，删繁就简，择其精华。既有丰子恺早年的绘画兴趣的萌芽、学画经历，以及此后的绘画创作历程，进而至于其宣传、介绍日本绘画（尤其是漫画）的发展，以及西洋画史等，冀能展现丰子恺作为画家的绘画创作精神，及其作为美术教育家的博学广闻。可谓每个标题（系由选编者所加）都有人生兴味，每段文字皆关悠悠世情。

辑录丰子恺先生这些散文名篇的片段，深感丰子恺先生年轻时的勤奋博学之外，也要深深感谢丰子恺先生的后人为搜集整理丰子恺作品所作出的贡献。现在这部《此生有梦亦有情》，就是在他们整理校订的作品集上辑录的。所以，如果对这本书读后有所收获的话，应该感谢丰子恺先生和他的子女们。

编者

2019 年 12 月

目录

我的书架上陈列了许多静物模特尔。

我时时拿它们出来经营布置。

左眺右望，远观近察。

别人笑我，真是『时人不识予心乐』啊！

此造物者之無盡藏也

子愷

时人不识予心乐

奋斗就从这里开始

我幼时酷好描画。最初我热心于印《芥子园人物谱》。所谓印，就是拿薄纸盖在画谱上，用毛笔依样印写。写好了添上颜色，当作自己的作品。后来进小学校，看见了商务印书馆出版的《铅笔画临本》《水彩画临本》，就开始临摹，觉得前此之印写，太幼稚了。临得惟妙惟肖，就当作自己的佳作。后来进中学校，知道学画要看着实物而描写，就开始写生，觉得前此之临摹，太幼稚了。写生一把茶壶，看去同实物一样，就当作自己的杰作！后来我看到了西洋画，知道了西洋画专门学校的研究方法，又觉得前此的描画都等于儿戏，欲追求更多的视觉的粮食，非从事专门的美术研究不可。我就练习石膏模型木炭写生。奋斗就从这里开始。

《我儿时的美术因缘》

好看的，都要看

我个人的美术研究的动机，逃不出这公例，也是为了追求视觉的粮食。约三十年之前，我还是一个黄金时代的儿童，只知道人应该饱食暖衣，梦也不曾想到衣食的来源。美术研究的动机的萌芽，在这时光最宜于发生。我在母亲的保护之下获得了饱食暖衣之后，每天所企求的就是"看"。无论什么，只要是新奇的，好看的，我都要看。现在我还可历历地回忆：玩具、花纸、吹大糖担，新年里的龙灯、迎会、戏法、戏文，以及难得见到的花灯……曾经给我的视觉以何等的慰藉，给我的心情以何等热烈的兴奋！

《视觉的粮食》

儿时的美术因缘

就中最有力地抽发我的美术研究心的萌芽的，要算玩具与花灯。当我们的儿童时代，玩具的制造不及现今的发达。我们所能享用的，还只是竹龙、泥猫、大阿福，以及江北船上所制造的各种简单的玩具而已。然而我记得：我特别爱好的是印泥菩萨的模型。这东西现在已经几乎绝迹，在深乡间也许还有流行。其玩法是教儿童自己用黏土在模型里印塑人物像的，所以在种种玩具中，对于这种玩具觉得兴味最浓。我们向江北人买几个红沙泥烧料的阴文的模型，和一块黄泥（或者自己去田里挖取一块青色的田泥，印出来也很好看），就可自由印塑。我曾记得，这种红沙泥模型只要两文钱一个。有弥勒佛像，有观世音像，有关帝像，有文昌像，还有孙行者、猪八戒、蚌壳精、白蛇精各像，还有猫、狗、马、象、宝塔、牌坊等种种模型。我向母亲讨得一个铜板，可以选办五种模型，和一大块黄泥（这是随型附送，不取分文的），拿回家来制作许多的小雕塑。明天再讨一个铜板，又可以添办五种模型。积了几天，我已把江北人担子所有的模型都买来，而我的案头就像罗汉堂一般陈列着种种的造像了。我记得，这只江北船离了我们的石门湾之后，不久又开来了一只船，这船里也挑上一担红沙泥模型来，我得知了这个消息之后，立刻去探找，果然被我找到，而且在这担子上发现了许多与前者不同的新模型。我的欢喜不可名状！恐怕被人买光，立刻筹集巨款，把所有的新模型买了回来，又热心地从事塑造。案头充满了焦黄的泥像，我觉得单调起来，就设法办得铅粉和胶水，用洗净的旧笔为各像涂饰。又向我们的染坊作场里讨些洋红洋绿来，调入铅粉中，在各像上施以种种的色彩。更进一步，我觉得单靠江北船上供给的模型，终不自由。照我的游戏欲的要求，非自己设法制造模型不可。我先用黏土做模型，自己用小刀雕刻阴文的物象，晒干，另用湿黏土塑印。然而这尝试是失败的：那黏土制的模型易裂、易粘，雕的又不高明，印出来的全不足观。失败真是成功之母！有一天，计上心来：我用洋蜡烛油作模型，又细致，又坚韧，又滑润，又易于奏刀。材料虽然太费一点，但是刻坏了可以熔去再刻，并不损失材料。刻成了一种物象，印出了几个，就可把这模型熔去，另刻别的物象。这样，我只要牺牲半支洋蜡烛，便可无穷地创作我的浮雕，谁说这是太费呢。这时候我正在私塾读书。这种雕刻美术在私塾里是同私造货币一样的被严禁的。我不能拿到塾里去弄，只能假后回家来创作。因此荒废了我的《孟子》的熟读。我记得，曾经为此吃先生的警告和母亲的责备。终于不得不疏远这种美术而回到我的《孟子》里。现在回想，我当时何以在许多玩具中特别爱好这种塑造呢？其中大有道理：这种玩具，最富于美术意味，最合于儿童心理，我认为是着实应该提倡的。竹龙、泥猫、大阿福之类，固然也是一种美术的工艺。然而形状固定，没有变化；又只供鉴赏，不可创作。儿童是欢喜变化的，又是抱着热烈的创作欲的。故固定的玩具，往往容易使他们一玩就厌。那种塑印的红沙泥模型，在一切玩具中实最富有造型美术的意义，又最富有变化。故我认为自己的偏好是极有因的。现今机械工业发达，玩具工厂林立。但我常常留意各玩具店的陈列窗，觉得很失望。新式的玩具，不过质料比前精致些，形色比前美丽些，在意匠上其实并没有多大的进步，多数的新玩具，还是形状固定，没有变化，甚至缺乏美术意味的东西。想起旧日那种红沙泥模型的绝迹，不觉深为惋惜。只有数年前，曾在上海的日本玩具店里看见过同类的玩具：一只纸匣内，装着六个白瓷制的小模型，有人像、动物像、器物型，三块有色彩的油灰，和两把塑造用的竹刀。这是以我小时所爱好的红沙泥模型为原则而改良精制的。我对它着实有些儿憧憬！它曾经是我幼时所热烈追求的对象，它曾经供给我的视觉以充分的粮食，它是我的美术研究的最初的启发者。想不到在二十余年之后，它会在外国人的地方穿了改良的新装而与我重见的！

《我儿时的美术因缘》

艺术初心

更规模地诱导我美术制作的兴味的，是迎花灯。在我们石门湾地方，花灯不是每年例行的兴事。大约隔数年或十数年举行一次。时候总在春天，春耕已毕而蚕子未出的空当里，全镇上的人一致兴奋，努力制造各式的花灯；四周农村里的人也一致兴奋，天天夜里跑到镇上来看灯，仿佛是千载一遇的盛会。我的儿童时代总算是幸运的，有一年躬逢其盛。那时候虽然已到了清朝末年，不是十分太平的时代；但民生尚安，同现在比较起来，真可说是盛世了。我家旧有一顶彩伞，它的年龄比我长，是我的父亲少年时代和我姑母二人合作的。平时宝藏在箱笼里，每逢迎花灯，就拿出来参加。我以前没有见过它，那时在灯烛辉煌中第一次看见它，视觉感到异常的快适。所谓彩伞，形式大体像古代的阳伞，但作六面形，每面由三张扁方形的黑纸用绿色绫条粘接而成，即全体由三六十八张黑纸围成。这些黑纸上便是施美术工作的地方。伞的里面点着灯，但黑纸很厚，不透光，只有黑纸上用针刺孔的部分映出灯光来。故制作的主要功夫就是刺孔。这十八张黑纸，无异十八幅书画。每张的四周刺着装饰图案的带模样，例如万字、八结、回纹，或各种花鸟的变化。带模样的中央，便是书画的地方。若是书，则笔笔剪空，空处粘着白色的熟矾纸，映着明亮的灯光；此外的空地上又刺着种种图案花纹，作为装饰的背景。若是画，则画中的主体（譬如画的是举案齐眉，则梁鸿、孟光二人是主体）剪空，空处粘白色的熟矾纸，纸上绘着这主体的彩色图，使在灯光中灿烂地映出。其余的背景（譬如梁鸿的书桌、室内的光景、窗外的花木等）用针刺出，映着灯光历历可辨。这种表现方法，我现在回想，觉得其刺激比一切绘画都强烈。自来绘画之中，西洋文艺复兴期的宗教画，刺激最弱。为了他们把画面上远近大小一切物象都详细描写，变成了照相式的东西，看时不得要领，印象薄弱，到了十九世纪末的后期印象派，这点方被注意。他们用粗大的线条、浓厚的色彩，与单纯的手法描写各物，务使画中的主体强明地显现在观者的眼前。这原是取法于东洋的。东洋的粗笔画，向来取这么单纯明快的表现法，有时甚至完全不写背景，仅把一块石头或一枝梅花孤零零地描在白纸上，使观者所得印象十分强明。然而，这些画远不及我们那顶伞的画的强明：那画中的主体用黑纸作背景，又映在灯光中，显得非常触目；而且背景并非全黑，那针刺的小孔，隐隐地映出各种陪衬的物象来，与主体有机地造成一个美满的画面。其实这种彩伞不宜拿了在路上走，应该是停置在一处，供人细细观赏的。我家的那顶彩伞，尤富有这个要求。因为在全镇上的出品中，我们的彩伞是被公推为最精致而高尚的，字由我的父亲手书，句语典雅，笔致坚秀；

画是我姑母的手笔，取材优美，布局匀称。针刺的工作也全由他们亲自担任，疏密适宜，因之光的明暗十分调和，比较起去年我乡的灯会中所见新的作品，题着"提倡新生活"的花台，画着摩登美女的花盆来，其工粗雅俗之差，不可以道里计了。我由这顶彩伞的欣赏，渐渐转入创作的要求。得了我大姐的援助，在灯期中立刻买起黑纸来，裁成十八小幅。作画，写字，加以图案，安排十八幅书画。然后剪空字画，粘贴矾纸，把一个盛老烟的布袋衬在它们底下，用针刺孔。我们不但日里赶出，晚上也常常牺牲了看灯，伏在室内工作。虽然因为工作过于繁重，没有完成灯会已散，但这一番的尝试，给了我美术制作的最初的欢喜。我们于灯会散后在屋里张起这顶自制的小彩伞来，共相欣赏，比较，批评。自然远不及大彩伞的高明。但是，能知道自己的不高明，我们的鉴赏眼已有几分进步了。我的学书学画的动作，即肇始于此。我的美术研究的兴味，因了这次灯会期间的彩伞的试制而更加浓重了。

《我儿时的美术因缘》

作画的最初动机

我作这些画的时候，是一个已有两三个孩子的二十七八岁的青年。我同一般青年父亲一样，疼爱我的孩子。我真心地爱他们：他们笑了，我觉得比我自己笑更快活；他们哭了，我觉得比我自己哭更悲伤；他们吃东西，我觉得比我自己吃更美味；他们跌一跤，我觉得比我自己跌一跤更痛……我当时对于我的孩子们，可说是"热爱"。这热爱便是作这些画的最初的动机。

《子恺漫画选》

画材由来

我家孩子产得密，家里帮手少，因此我须得在教课之外帮助照管孩子，就像我那时一幅漫画中的《兼母之父》一样。我常常抱孩子，喂孩子吃食，替孩子包尿布，唱小曲逗孩子睡觉，描图画引孩子笑乐；有时和孩子们一起用积木搭汽车，或者坐在小人凳上"乘火车"。我非常亲近他们，常常和他们共同生活。这"亲近"也是这些画材所由来。

《子恺漫画选》

扇子的用法

讲到扇子的用法，更可使人惊叹。在中国，除了劳动者手里的芭蕉扇的确负着扇的使命，的确实行着扇的职务以外，折扇、羽扇、纨扇等大抵为装饰或欣赏之用，早已放弃扇的使命，旷废扇的职务了。古代美人用纨扇障羞，诸葛亮手里一年四季拿把羽扇，不知是真是假？唱书先生确是一年四季用折扇的。他们把扇子当作惊堂木或指挥棒。扇子在他手里，仿佛艺术学校毕业生当了警察，用非所学，越俎代庖。此外用折扇的人，即使不是唱书先生，也必定是先生——男的或女的。他们大多数没有劳作，实际上不大用得着摇扇。在女的，扇明明是一道装饰，一种应酬中便于措手足的设备。在男的，扇除装饰外只是一种欣赏品。实际要风的时候，他们有电风扇，不必有劳折扇。折扇原是互相观赏用的。朋友聚在一起，寒暄之后，闲谈之余，互相"拜观"手中的折扇，品评书画，纵论今古，大家忘记了扇之所以为扇，竟把它当作随身携带的中堂立轴看待了。其中爱好文墨者，大抵一人所有决不止一扇。置扇全同置办书画一样，越多越好。我有一位朋友，家藏折扇一大藤篮，有白面的、金面的，有湘妃竹骨的，有檀骨的，有牙骨的，总共不下数百把。除了扇面上的书画之外，扇骨子的雕刻又是很好的欣赏资料。对于这位朋友的藏扇，我没有这么多的闲工夫和闲心情来奉陪，却也很赞美他的办法。他以为：置大幅书画不如置扇。大幅书画管理既不易，欣赏又限于一定的地方。扇子收藏既便，又随身可带，在车中，在船里，在床上，在厕所中，无处不可欣赏。一本小册的画集诗集，原也可以随身到处携带，但终不及扇子的自然。——这话我完全赞成。倘使年光倒流，我们做了盛世黎民，我极愿得这位朋友，来发起一个"全国扇面展览会"，或者在《申报》上写几篇宣传文章，观国内的青年每人办起百把折扇来。这虽然是梦话，但这位朋友的扇的用法，我始终觉得可取。看画和看字若有益于身心，这也是一种实用。那么这些扇子并不是"为扇子的扇子",并不是无实用的扇子,不过是由"扇风"的实用转变了别种的实用罢了。

《扇子的艺术》

快适的扇子

扇子是在中国特别发达的一种书画形式。这又不妨视为东洋的象征之一。西洋人的绘画中,取东洋风题材的,大都点缀着一把折扇;欢喜幽默的西班牙画家,尤喜在画中盛用扇子。这的确是一种悠闲不过的东西。生了手不必劳作,但为自己感觉的快适而摇了扇子;甚至连摇都不必摇,但为自己的视觉的快适而看看扇上的书画。不是雅人的清福么?故西洋人欢喜取扇子来象征东洋古风,原也有理。但画扇的艺术,仍是东洋人的特长。我们在西洋画中从未见过描着铅笔画、水彩画,或油画的扇子;反之,在中国画中,扇面占据特殊的地位。

书画家的润例中,大都备有"扇面"一格,而且有的润笔特别贵;裱画店的壁上,常常粘着扇面裱成的画轴,这种画轴在厅堂书房的装饰中被视为特别雅致的一种。这足证在过去的中国,绘画艺术特别发达,不但堂室中处处挂画,连夏日的实用品的扇子都被划作画家的用武之地;因此把这实用品"艺术化",使成为一种脱离实用而独立的艺术,一种"为扇面的扇面"。又足证在过去的中国,人的生活特别悠闲,不但有工夫摇扇,又必摇描着绘画的扇，以求身体与精神两方的慰安，灵肉一致的快适。

《扇子的艺术》

扇子的画法

故扇的画法，与扇的用法，都是中国人所特长的艺术。讲到画法，因为它的轮廓形状特殊，画的布局也另有一道。画材大都宜用物象的部分——例如花的折枝，竹林的一部，悬空似的果物。或者宜用不显示地平线的风景——例如连绵的群山，起伏的丛林，云雾掩映的风景。总之，扇面上不宜显示地平线，因为轮廓作弧形，地平线从左上角通到右上角，把扇面划分为畸形的上下两部，有碍美观。中国的扇面画中，人物画比较少，就因为人物必须以房屋等为背景，而房屋是方正的东西，容易显出地平线，碍于构图的原故。山水画比较的最多，就因为山水随高随低，随左随右，又随处可以设法遮掩地平线，易于布置的原故。西洋画中幸而没有扇面这一格；倘使有了，西洋的画家将为构图而愁煞！因为西洋画对于背景，同主物体一样地注意，没有一幅画没有背景。中国画中常有全无背景而让主物体悬空挂在一张白纸中的画法。但照西洋画看来，这些是未完成的作品。若教西洋人画，后面必须补进许多东西，或是天，或是地，务须表出这主物体所存在的地方。因此西洋画必须有背景，必须合远近法，即必须有地平线。在扇面的轮廓中，很不容易安排妥当。恐怕这也是扇面画能在中国特殊发达的一个原因。异想天开的、不着边际的、图案式的中国画，在无论甚样的轮廓中都能巧妙地装得进去。这也可说是东方艺术的一种特色。

《扇子的艺术》

生活中的画

约十年之前，我在学校当教师，有一天对于看惯了的时钟的脸，忽然觉得讨嫌起来。因为那十二个阿拉伯字中，有几个好像在催促我上课，有几个好像在命令我睡觉，有几个好像在强迫我起床，还有几个好像在喊我赶快上车，使我在例假日看了也不得舒服。于是拿出油画具来，用 cobalt（翠蓝）将表面和两针全体涂抹，又用别的颜料在右上角画柳树的一部分，再挂下几根柳条来。然后用黑纸剪成两只燕子，粘贴在两针的头上。这样一来，我的表就好像一幅圆领的 miniature（小型画）。有时两只针恰到好处，表面也会展出很可喜的构图来。至于实用，我只要认明垂直的是十二点或六点，水平的是三点或九点，其他的时间就可在每个九十度角内目测而知了。我作了这个玩意儿，一时很得意，曾经把壁上的挂钟如法炮制，使它变成一幅油画（这件事曾经记录在我的《缘缘堂随笔》中）。这个挂钟现在还挂在我故乡的家里的东壁上。

《钟表的脸》

艺术的量变到质变

说来自己也不相信：经过了长期的石膏模型奋斗之后，我的环境渐渐变态起来了。

我觉得眼前的"形状世界"不复如昔日之混沌，各种形状都能对我表示一种意味，犹如各个人的脸孔一般。地上的泥形，天上的云影，墙上的裂纹，桌上的水痕，都对我表示一种态度，各种植物的枝、叶、花、果，也争把各自所独具的特色装出来给我看。更有希奇的事，以前看惯的文字，忽然每个字变成了一副脸孔，向我装着种种的表情。以前到惯的地方，忽然每一处都变成了一个群众的团体，家屋、树木、小路、石桥……各变成了团体中的一员，各演出相当的姿势而凑成这个团体，犹如耶稣与十二门徒凑成一幅《最后的晚餐》一般。……

读者将以为我的话太玄妙么？并不！石膏模型写生是教人研究世间最复杂最困难的各种形、线、调、色的。习惯了这种研究之后，对于一切形、线、调、色自会敏感起来。这犹之专翻电报的人，看见数目字自起种种联想；又好比熟习音乐的人，听见自然界各种声音时自能辨别其音的高低、强弱和音色。我久习石膏模型写生，入门于形的世界之后，果然多得了种种视觉的粮食：例如名画，以前看了莫名其妙的，现在懂得了一些好处。又如优良的雕刻，古代的佛像，以前未能相信先辈们的赞美的，现在自己也不期对他们赞美起来。又如古风的名建筑，洋风的名建筑，以前只知道它们的工程浩大，现在渐渐能够体贴建筑家的苦心，知道这些确是地上的伟大而美丽的建设了。又如以前临《张猛龙碑》《龙门二十品》《魏齐造像》，只是盲从先辈的指导，自己非但不解这些字的好处，有时却在心中窃怪，写字为什么要拿这种参差不整、残缺不全的古碑为模范？但现在渐渐发觉这等字的笔致与结构的可爱了。

不但对于种种美术如此，在日常生活上，我也改变了看法：以前看见描着工细的金碧花纹的瓷器，总以为是可贵的；现在觉得大多数恶俗不足观，反不如本色的或简图案的瓷器来得悦目。以前看见华丽的衣服总以为是可贵的，现在觉得大多数恶劣不堪，反不如无花纹的，或纯白纯黑的来得悦目。以前也欢喜供一个盆景，养两个金鱼，现在觉得这些小玩意的美感太弱，与其赏盆景与金鱼，不如跑到田野中去一视伟大的自然美。我把以前收藏着的香烟里的画片两大匣如数送给了邻家的儿童。

《视觉的粮食》

漏瓶当宝贝

我走进磁器店，在柜角底下发见了一口灰尘堆积的瓦瓶，样子怪入画的，颜色怪调和的，好似得了宝贝，特地捧着问价钱，好像防别人抢买去似的。店员告诉我："不瞒你说，这瓶是漏的，所以搁着。你要花瓶，买这个好。"他在架上拿了一口金边而描着人物细花的磁瓶递给我，一面伸手接取我手中的漏花瓶。我一瞧那磁瓶，连忙摇头："我不要那种。漏不要紧的！"满堂的店员都把眼注视我，表示惊怪的样子。我知道他们都在当我疯子看了。但我的确发见这漏瓶的美的价值，有恃无恐，这班无知商人管他们做什么！我终于买了那漏瓦瓶回家。放在窗下写了一幅。添几个桔子又写了一幅。衬了深红色的背景布又写了更得意的一幅。

《写生世界》

茶担上的酒碗

隔壁豆腐店里做喜事，借我们的屋子摆酒筵。茶担上发来的碗筷中，有一种描蓝花的直口的酒碗，牵惹了我的注意。这种碗形状朴素，花纹古雅，好一个静物模特儿。我问茶担上的人这种碗那里买的，他回答我，这是从前的东西，现在没处买了。我想，对不起，吃过酒让我偷一只吧。但动了这念头有些儿贼胆心虚；我终于托豆腐店里的人向茶担转买一只给我。豆腐店里的人笑道："这种是江北碗；最粗糙，最便宜的东西！你要，拿几只去，我们算账时多给他几个铜子好了。"我的书架上又多了一件宝贝。

我的书架上陈列了许多静物模特儿。有瓶，有甏，有碗，有盆，有盘，有钵，有玩具，有花草，在别人看来大都不值一文，在我看来个个有灵魂似的。我时时拿它们出来经营布置。左眺右望，远观近察。别人笑我，真是"时人不识予心乐"啊！

《写生世界》

有吃没看相与有看没吃相

我到水果店里去选购静物写生用的模特儿，卖水果的人代我选出一件来，忠告我："这一种'有吃没看相'，价钱便宜，味道又好。"但我偏要选那带叶的桔子。他告诉我："那是不熟的，味道不好，价钱倒贵！"我在心中窃笑：你哪能知道我选择的标准呢？我叫工人去买些野菜来写生，他拖了一捆肥胖而外叶枯焦的黄芽菜来。我嫌他买得不好，他反抗："这种菜再肥嫩没有了。"我太息了：唉！你懂什么！我自己去买吧！我选了两株苍老而瘦长的白菜来，他笑我："这种菜最没吃头了！这是没人要买的！"我想为他解说这菜的形状色彩的美，既而作罢。我以为没人知道美，所以没人要买这菜。不管旁人讪笑，我就去为我这美丽的白菜写照了。

《写生世界》

母亲像瓦格纳

我在学校里热心地描写了石膏头像的木炭画，半年没归家，看见母亲觉得异样了。母亲对我说话时，我把母亲的脸当作石膏头像看，只管在那里研究它的形态及画法。我虽在母亲的怀里长大起来，但到这一天方才知道我的母亲的脸原来是这样构成的！她的两眼的上面描着整齐而有力的复线，她的鼻尖向下钩，她的下颚向前突出。我惊讶我母亲的相貌类似法国乐剧家瓦格纳（Wagner）的头像！（这印象很深，直到现在，我在音乐书里看见瓦格纳的照片便立刻联想到我的已故的母亲。）我正在观察的时候，蓦地听见母亲提高了声音诘问："你放在什么地方的？你放在什么地方的？失掉了么？"

母亲在催我答复。但我以前没有听到她的话，茫然不知所对，支吾地问：

"什么东西放在什么地方的？"

母亲惊奇地凝视我，眼光里似乎在说："你这回读书回家，怎么耳朵聋了？"原来我当作瓦格纳头像而出神地观察她的脸的时候，她正在向我叙述前回怎样把零用钱五元和新鞋子一双托便人带送给我；那便人又为了什么原故而缓日动身，以致收到较迟；最后又诘问我换下来的旧鞋子放在什么地方的。我对于她的叙述听而不闻，因为我正在出神地观察，心不在焉。

《写生世界》

测眼睛的位置

我读《Flgure Drawing》（这是一册专讲人体各部形状描法的英文书），读到普通人的眼睛都生在头长的二等分处这一原则，最初不相信，以为眼总是生在头的上半部的。后来用铅笔向人头实际测量，果然从头顶至眼之长等于从眼至下颚之长，我非常感佩！才知道从前看人头时为错觉所欺骗，眼力全不正确。错觉云者：我一向看人头时，以为眼的上面只有眉一物；而眼的下面有鼻和口二物。眉只是狭狭的一条黑线，不占地位，又没有什么作用。鼻又长又突出，会出鼻涕，又会出烟气。口构造复杂，会吃东西，又会说话，作用更大。这样，眼的上面非常寂寥，而下面非常热闹，便使我错认眼是生在头的上部的。实则眼都位在头的正中。发育未完的儿童，甚至位在下部三分之一处。我知道了这原则，欢喜之极！从此时时留意，看见了人头便目测其中的眼的位置，果然百试不爽。有一次我搭了西湖上的小船到岳坟去写生。搭船费每人只要三个铜板。搭客众多，船行迟迟。我看厌了西湖的山水，再把视线收回来看船里的搭客。我看见各种各样的活的石膏模型，摇摇摆摆地陈列在船中。我向对座的几个头像举行目测，忽然发见其中有一个老人相貌异常，眼睛生得很高。据我目测的结果，他的眼睛决不在于正中，至少眼睛下面的部分是头的全长的五分之三。《Figure Drawing》中曾举种种不合普遍原则的特例。我想我现在又发见了一个。但我仅凭目测，不敢确信这老人是特例。我便错认这船为图画教室，从制服袋里抽出一支笔来，用指扣住笔杆，举起手来向那老人的头部实行测量了。船舱狭小，我和老人之间的距离不过三四尺，我对着他擎起铅笔，他以为我拾得了他所遗落的东西而送还他，脸上便表出笑颜而伸手来接。这才使我觉得我所测量的不是石膏模型。我正在狼狈不知所云的时候，那老人笑着对我说：

"这不是我的东西，嘿嘿！"

我便乘水推船，收回了持铅笔的手。但觉得不好把铅笔藏进袋里去，又不好索性牺牲一支铅笔而持向搭船的大众招领，因为和我并坐着的人是见我从自己袋里抽出这支铅笔来的。我心中又起一阵狼狈，觉得自己的脸上发热了。

《写生世界》

从观察眼睛到买花生

后来我又在人体画法的书上读到：老人因为头发减薄，下颚筋内松懈，故眼的位置不在正中而稍偏上部。我便在札记簿上记录了一条颜面画法的完全的原则：

"普通中年人的眼位在头的正中，幼儿的眼位在下部，老人的眼稍偏上部。"

但这种狼狈不能阻止我的非人情的行为。有一次我在一个火车站上等火车，车子尽管不来，月台上的长椅子已被人坐满，我倚在柱上闲看景物。对面来了一个卖花生米的江北人。他的脸的形态强烈地牵惹了我的注意，那月台立刻变成了我的图画教室。我只见眼前的雕像脸非常狭长，皱纹非常繁多。哪一条线是他的眼睛，竟不大找寻得出。我曾在某书上看到过"旧字面孔"一段话，说有一个人的脸像一个"旧"字。这回我所看见的，正是旧字面孔的实例了。我目测这脸的长方形的两边的长短的比例，估定它是三与一之比。其次我想目测他的眼睛的位置，但相隔太远，终于看不出眼睛的所在。远观近察，原是图画教室里通行的事，我不知不觉地向他走近去仔细端详了。并行在这长方形内的无数的皱纹线忽然动起来，变成了以眉头为中心而放射的模样，原来那江北人以为我要买花生米，故笑着擎起篮子在迎接我了。

"买几个钱？"

他的话把我的心从写生世界里拉回到月台上。我并不想吃花生米，但在这情形之下不得不买了。

"买三个铜板！"

我一面伸手探向袋里摸钱，一面在心中窃笑。我已把两句古人的诗不叶平仄地改作了：

"时人不识予心乐，将谓要吃花生米。"

《写生世界》

画家的心，
必常与所描写的对象相共鸣共感，
共悲共喜，共泣共笑。

绘画，必以人之常情为根本

艺术就是道德，感情的道德

　　美好比健康，艺术好比卫生。卫生使身体健康，艺术使精神美化。健康必须是全身的。倘只是一手一足特别发达，其人即成畸形。美化也必须是全心的。倘只能描画唱歌，则其人即成机械，故描画唱歌，只是艺术的心的有形的表示而已。此犹竞技赛跑，只是健康的身体的一时的表现而已。除此之外，健康的身体无时不健，艺术的精神无时不美。可知艺术给人一种美的精神，这种精神支配人的全部生活。故直说一句，艺术就是道德，感情的道德。

　　　　　　　　　　　　　　　《艺术必能建国》

艺术是情感的道德

　　道德与艺术异途同归。所差异者，道德由于意志，艺术由于感情。故"立意"做合乎天理的事，便是"道德"。"情愿"做合乎天理的事，便是"艺术"。有子曰："礼之用，和为贵。"先贤注释曰："礼之为体虽严，然皆出于自然，故其为用必从容不迫，乃为可贵。"出于自然，从容不迫，便是"情愿"做，便是艺术的条件。故礼便是艺术。前面我说"艺术是感情的道德"。现在可更加率直地说："艺术是情愿做的道德。"情愿做的道德就是礼。

《艺术必能建国》

艺术园地的第二境

　　第二境，绘画：这一境域，也在园的东部，位在第一境之次。其地势不及第一境之高，而其地带却比第一境广大。在全园地中，这一境域范围特别广，游人也特别多。有许多人，专为游览此境而入艺术之园。游览别的境域之人，也必先到这境里来观瞻一番，然后他去。游客中，全世界各国的人都有。而中国享有特权：这第二境虽与第一境毗连，而接壤之处没有界限。中国人到第二境去游玩时，这界限便撤消，第一境与第二境相通连，任中国人随意游览。日本人托中国人的福，有时也得享受这特权，然能享受的人极少。

我为什么这样说呢？

因为绘画在艺术中为最发达的一种。全世界各民族都有绘画艺术。全世界的艺术家中，画家亦占有多数。绘画是造型艺术（书法、绘画、雕塑、工艺等，凡专用眼鉴赏的，总称为造型艺术）的基础。所以凡学造型艺术的人，必须先学绘画，或者参考绘画。中国自古有"书画同源"之说。就是说描画要参考书法的用笔，方才画得出神气。所以中国的画家大都能书，书家大都能画。画要参考画法，而书不一定要参考画法。所以书法比绘画更为高深。反之，绘画比书法更为广大。这就是说，在质的方面，书胜于画；在量的方面，画胜于书。这两者在艺术中，一高一广，都很重要。

《艺术园地》

人格与真善美

圆满的人格好比一个鼎，"真""善""美"好比鼎的三足。缺了一足，鼎就站不住，而三者之中，相互的关系又如下："真""善"为"美"的基础。"美"是"真""善"的完成。"真""善"好比人体的骨骼，"美"好比人体的皮肉。

真善生美，美生艺术。故艺术必具足真善美，而真善必须受美的调节。一张纸上漫无伦次地画许多山，真是真的，善是善的，但是不美，故不能称为画。琴瑟笙箫漫无伦次地发许多音，真是真的，善是善的，但是不美，故不能称为乐。真和善，必须用美来调节，方成为艺术。

《艺术与艺术家》

有生即有情，有情即有艺术

有生即有情，有情即有艺术。故艺术非专科，乃人人所本能；艺术无专家，人人皆生知也。晚近世变多端，人事烦琐，逐末者忘本，循流者忘源，人各竭其力于生活之一隅，而丧失其人生之常情，于是世间始立“艺术”为专科，而称专长此道者为“艺术家”。盖“艺术”与“艺术家”兴，而艺术始衰矣！出“艺术”之深宫，辞“艺术家”之尊位，对稚子而教之习艺，执途人而与之论美，谈言微中，亦足以启发其生知之本领，而归复其人生之常情。是则事事皆可成艺术，而人人皆得为艺术家的。

《〈艺术与人生〉序》

更艺术的生活

所谓构图，就是物象在纸上的布置。画一个人，这个人在纸上如何摆法，是一大问题。太大也不好，太小也不好，太正也不好，太偏也不好。必也不大不小，不正不偏，才有安定帖妥之感。

安定帖妥之感，就是美感。中国古人对于瓶花的插法费很大的研究，便是构图的研究。龚定庵诗云："瓶花帖妥炉烟定，觅我童心廿六年。"眼睛看见帖妥的姿态，心中便生美感，可以使人感怀人生。插花虽是小事，其理甚为深广，可以应用在任何时代的人类生活中，可以润泽任何时代的人类生活，幸勿视为渺小。

构图法中的"多样统一"，含义更深。多样犹似天理人事，统一犹似节文仪则。例如画三个苹果，连续并列在当中，统一则统一矣，但无变化，不多样。虽有规则，而不自然，不算尽美。反之，东一个，西一个，下边再一个，历乱布置，多样则多样矣，但无条理，不统一。不美，不成为艺术。故统一而不多样，多样而不统一，皆有缺点。必须多样而又统一，统一而又多样，方成为尽美的艺术。

多样统一的三个苹果如何布置？没有一定。要之，有变化而又安定帖妥的，都是多样统一的好构图。这个道理，可用孟子所说的"礼"和"权"来比方："男女授受不亲，礼也，嫂溺援之以手，权也。"孔子的书里也有一个比方："叶公语孔子曰，吾党有直躬者，其父攘羊，而子证之。孔子曰，吾党之直者异于是。父为子隐，子为父隐，直在其中矣。"这是多样统一的。换言之，是艺术的。

我所见的艺术，其意义大致如此。照这意义说，艺术以人格为先，技术为次。倘其人没有芬芳悱恻之怀，而具有人类的弱点（傲慢、浅薄、残忍等），则虽开过一千次个人作品展览会，也只是"形式的艺术家"。反之，其人向不作画，而具足艺术的心，

便是 "真艺术家"。故曰，无声之诗无一字，无形之画无一笔。在现今的世间，尤其是在西洋，一般人所称道的艺术家，多数是 "形式的艺术家"。而在一般人所认为非艺术家的人群中，其实有不少的 "真艺术家" 存在着，其生活比有名的艺术家的生活更 "艺术的"。

《艺术与艺术家》

设身处地

进一步说，我常常 "设身处地" 地体验孩子们的生活；换一句话说，我常常自己变了儿童而观察儿童。

我记得曾经作过这样的一幅画：房间里有异常高大的桌子、椅子和床铺。一个成人正在想爬上椅子去坐，但椅子的座位比他的胸膊更高，他努力攀跻，显然不容易爬上椅子；如果他要爬到床上去睡，也显然不容易爬上，因为床同椅子一样高；如果他想拿桌上的茶杯来喝茶，也显然不可能，因为桌子面同他的头差不多高，茶杯放在桌子中央，而且比他的手大得多。

这幅画的题目叫作《设身处地做了儿童》。这是我当时的感想的表现：我看见成人们大都认为儿童是准备做成人的，就一心希望他们变为成人，而忽视了他们这准备期的生活。因此家具器杂都以成人的身体尺寸为标准，以成人的生活便利为目的，因此儿童在成人的家庭里日常生活很不方便。同样，在精神生活上也都以成人思想为标准，以成人观感为本位，因此儿童在成人的家庭里精神生活很苦痛。

过去我曾经看见：六七岁的男孩子被父母穿上水长袍和小马褂，戴上小铜盆帽，教他学父亲走路；六七岁的女孩子被父母亲带到理发店去烫头发，在脸上敷脂粉，嘴上涂口红，教他学母亲交际。我也曾替他们作一幅画，题目叫作《小大人》。现在想象那两个孩子的模样，还觉得可怕，这简直是畸形发育的怪人！我当时认为由儿童变为成人，好比由青虫变为蝴蝶。青虫生活和蝴蝶生活大不相同。上述的成人们是在青虫身上装翅膀而教它同蝴蝶一同飞翔，而我是蝴蝶敛住翅膀而同青虫一起爬行。因此我能理解儿童的心情和生活，而兴奋地认真地描写这些画。

《〈子恺漫画选〉自序》

画得像

从前希腊有两位画家，一位名叫才乌克西斯（Zeuxis），还有一位名叫巴尔哈西乌斯（Parrhasius），都是耶稣纪元以前的人。他们的作品已经不传，只有一个故事传诵于后世：

这两位画家的画，都画得很像，在雅典的画坛上齐名并立。有一天，两人各拿出自己的杰作来，在雅典的市民面前比赛技术，看是孰高孰下。全市的美术爱好者大家到场，来看两位大画家的比赛。只见才乌克西斯先上台，他手中挟一幅画，外面用袱布包着。他在公众前把袱布解开，拿出画来。画中描的是一个小孩子，头上顶一篮葡萄，站在田野中。那孩子同活人一样，眼睛似乎会动的。但上面的葡萄描得更好，在阳光下望去，竟颗颗凌空，汁水都榨得出似的。公众正在拍手喝采，忽然天空中飞下两只鸟来，向画中的葡萄啄了几下，又惊飞去，这是因为他的葡萄描得太像，天空中的鸟竟上了他的当，以为是真的葡萄，故飞下来啄食。于是观者中又起了一阵更热烈的拍掌和喝采的声音。才乌克西斯的画既已受了公众的激赏，他就满怀得意地走下台来。请巴尔哈西乌斯上台献画。

在观者心中想来，巴尔哈西乌斯一定比不上才乌克西斯，哪有比这幅葡萄更像的画呢？他们看见巴尔哈西乌斯挟了包着的画，缓缓地踱上台来，就代他担忧。

巴尔哈西乌斯却笑嘻嘻地走上台来，把画倚在壁上了，对观者闲眺。观者急于要看他的画，拍着手齐声叫道："快把袱包解开来呀！"巴尔哈西乌斯把手叉在腰际，并不去解袱包，仍是笑嘻嘻地向观者闲眺。观者不耐烦了，大家立起身来狂呼："画家！快把袱包解开，拿出你的杰作来同他比赛呀！"巴尔哈西乌斯指着他的画说道＋："我的画并没有袱包，早已摆在诸君的眼前了。请看！"观者仔细一看，才知道他所描的是一个袱包，他所拿上来的正是他的画，并不另有袱包。因为画得太像，观者的数千百双眼睛都受了他的骗，以为是真的袱包。于是大家叹服巴尔哈西乌斯的技术，说他比才乌克西斯更高。

《谈像》

顾恺之拔针

中国画界中也有关于画得像的逸话，也讲一个给大家听听：我国六朝时代的顾恺之，据画史逸闻所说，人物画也画得极像。有一天，他从外归家，偶然看见邻家的女子站在门内，相貌姣好。他到了家，就走进画室，立刻画了一个追想的肖像。把画挂在墙上，用针钉住了画中人的心窝。邻家的女子忽然心痛起来，百方求医，都无效果。后来察知了是隔壁的画家的恶戏，女子的父亲就亲来顾家乞情，请他拔去了针，女子的心痛立刻止了。这是为顾恺之的画画得太像了，竟有这般神奇的影响。

《谈像》

在于"悦目"

绘画的主要的目的，绘画的好坏的标准，说起来很长，其最重要的第一点，可说是在于"悦目"。何谓悦目？就是使我们的眼睛感到快美。绘画是平面空间艺术，是视觉艺术。故作画，就是把自然界中有美丽的形与美丽的色彩的事物，巧妙地装配在平面的空间中。有美的形状与美的色彩的事物，不是在无论什么时候无论什么地方常常是美的。故必须把它巧妙地装配，才成为美的绘画。水果摊头上有许多苹果、桔子，然而我们对于水果摊头不容易发生美感。买了三四只回家，供在盆子里，放在窗下的几上的盘中，其形状色彩就显出美来了。又如市街嘈杂而又纷乱，并不足以引起我们的美感，但我们从电车的窗格子中，常常可以看见一幅配合极美好的市街风景图。由此可知，使我们的眼睛感到快美的，不限定某物，无论什么东西都有美化的可能。又可知美不在乎物的性质上，而在乎物的配合的形式上。故倘用绘画的眼光看来，雕栏画栋的厅堂，往往不能使人起美感。而茅舍草屋，有时反给人以快美的印象。绘画是自然界的美形、美色的平面的表现，又不是博物挂图，不是记账。绘画是使人的眼感到快美，不是教人某种知识，不是对人通信。由此可知，肖似不是绘画的主要目的，不是绘画好坏的标准。

《谈像》

对于世间一切事物都给以热诚的同情

世间的物有各种方面，各人所见的方面不同。譬如一株树，在博物家，在园丁，在木匠，在画家，所见各人不同。博物家见其性状，园丁见其生息，木匠见其材料，画家见其姿态。但画家所见的，与前三者又根本不同。前三者都有目的，都想起树的因果关系，画家只是欣赏目前的树的本身的姿态，而别无目的。所以画家所见的方面，是形式的方面，不是实用的方面。换言之，是美的世界，不是真善的世界。美的世界中的价值标准，与真善的世界中全然不同，我们仅就事物的事状、色彩、姿态而欣赏，更不顾问其实用方面的价值了。所以一枝枯木，一块怪石，在实用上全无价值，而在中国画家是很好的题材。无名的野花，在诗人的眼中异常美丽。

故艺术家所见的世界，可说是一视同仁的世界、平等的世界。艺术家的心，对于世间一切事物都给以热诚的同情。故普通世间的价值与阶级，入了画中便全部撤销了。画家把自己的心移入于儿童的天真的姿态中而描写儿童，又同样地把自己的心移入于乞丐的病苦的表情中而描写乞丐。画家的心，必常与所描写的对象相共鸣共感，共悲共喜，共泣共笑；倘不具备这种深广的同情心，而徒事手指的刻划，决不能成为真的画家。即使他能描画，所描的至多仅抵一幅照相。

画家须有这种深广的同情心，故同时又非有丰富而充实的精神力不可。倘其伟大不足与英雄相共鸣，便不能描写英雄；倘其柔婉不足与少女相共鸣，便不能描写少女。故大艺术家必是大人格者。

《美与同情》

物我一体

艺术家的同情心，不但及于同类的人物而已，又普遍地及于一切生物、无生物；犬马花草，在美的世界中均是有灵魂而能泣能笑的活物了。诗人常常听见子规的啼血、秋虫的促织，看见桃花的笑东风、蝴蝶的送春归；用实用的头脑看来，这些都是诗人的疯话。其实我们倘能身入美的世界中，而推广其同情心，及于万物，就能切实地感到这些情景了。画家与诗人是同样的，不过画家注重其形式姿态的方面而已。没有体得龙马的活力，不能画龙马；没有体得松柏的劲秀，不能画松柏。中国古来的画家都有这样的明训。西洋画何独不然？我们画家描一个花瓶，必其心移入于花瓶中，自己化作花瓶，体得花瓶的力，方能表现花瓶的精神。我们的心要能与朝阳的光芒一同放射，方能描写朝阳；能与海波的曲线一同跳舞，方能描写海波。这正是"物我一体"的境涯，万物皆备于艺术家的心中。

《美与同情》

感情移入

西洋艺术论者论艺术的心理，有"感情移入"之说。所谓感情移入，就是说我们对于美的自然或艺术品，能把自己的感情移入于其中，没入于其中，与之共鸣共感，这时候就经验到美的滋味。我们又可知这种自我没入的行为，在儿童的生活中为最多。他们往往把兴趣深深地没入在游戏中，而忘却自身的饥寒与疲劳。

《美与同情》

十分工致，却不入艺术殿堂

从前有一个好学的青年，拿了一册装订精美的自己的图画成绩，去请一位见解精深的先生指教。

先生翻开他的成绩来看，见他描得十分工致，可是所描的大半是从画帖，甚至香烟牌子上临摹来的；即有几幅写生画，也是刻划难堪的机械工作，全然不是从美的感动而来，全然不是自然的忠实的写生。

先生看了，一时对他无言可说。

那青年得意扬扬地静候先生的指教，他料想多半是褒美，因为他画了这样工致的一大册。可是先生尽管默默不语。

青年不耐烦了，开口问道："先生，请指教，我的画如何？"

先生仰起头来，看见玻璃窗上一只苍蝇，正嗡嗡地在玻璃上攒，努力想飞出去。先生就指着这苍蝇说道："你的画同这苍蝇一样。它十分努力，一心想到庭中去飞翔，但不知道有玻璃在拦阻它的前程。所以它的努力完全是徒劳！它已经攒了好久的工夫，然而一步也不曾走进庭中。你也十分努力，一心想到艺术的殿堂中去遨游；可惜走错了方向。你积年累月地描了这一大册，然而一步也不曾跨进艺术的殿堂。"

那青年听了这话，脸色立刻青白了，没精打彩地挟了那画册回家而去。

《眼与手》

绘画，必以人之常情为根本

在画中要求自然物象，是人之常情。在画面上讲究形色光线的美，是画的本职。

偏重第一条件的是古代的宗教画、文人画，现代的广告画、宣传画。偏重第二条件的是立体派、构成派的画。前者不忠于画的本职，后者不合人之常情。

绘画是造型美术，应以画的本职为主。但同时又须近于人情，方为纯正的绘画。在过去的艺术中，印象派可说是纯正绘画的好例。因为它在自然物象中选美的形色光彩而描成绘画，不背人之常情，而又恪守造型美术的本职。

一般鉴赏者欢喜偏重第一条件的绘画，特殊鉴赏者欢喜偏重第二条件的绘画，纯正的美术爱好者欢喜纯正的绘画。

无论"为艺术的艺术""为人生的艺术""象牙塔艺术""普罗艺术"，凡人世间的绘画，必以人之常情和画的本职为千古不变的两个根本条件。

《劳者自歌》

画匠与画家

日本闲田子著《近世畸人传》是由名画家三熊思考作插画的。日本美术论者称赞他关于孝女栗子的画。原文大意如此：

栗子是日本甲斐国山梨郡一个人的妻子。事舅姑至孝。舅姑及夫皆死，遗一八岁亲生子，及一十二岁义子。

一日，山水泛滥，田舍人畜尽没，水退，发现栗子尸骸，手携八岁亲生子，背负十二岁义子，横死泥中。

但三熊思考的插画，不写横死泥中的光景，而写山水猝发，栗子负义子携亲生子，被怒涛追逐而仓皇出奔的紧张的情景。论者说这画与文互相发挥，为插画中之上乘。

我觉得，画匠与画家的分别，用这段话来说明，最得要领。

《劳者自歌》

花纸

"花纸"就是旧历元旦市上摆摊，卖给大众带回家去，贴在壁上点缀新年的一种石印彩色画。所画的大概是旧戏，三百六十行，马浪荡，孟姜女，最近有淞沪战争等。

有饭吃的农家，每逢新年，墙壁上总新添一两张"花纸"。农夫们酒后工余，都会对着"花纸"手指口讲，实行他们的美术的鉴赏。

可惜这种"花纸"的画，形式和内容都贫乏。这应该加以改良。提倡大众美术，应该走出杂志，到"花纸"上来提倡。

《劳者自歌》

煞风景的广告

坐在船里望去，前面是青青的草原，重重叠叠的树木。草原下面衬着水波，树木上面覆着青天，天空中疏疏地点缀着几朵白云。这般美景好像一副天真烂漫的笑颜，欢迎着我的船前进。

过了一会，重叠的树木中间露出两个旗杆，和一角庙宇来。这些建筑的直线与周围的自然的曲线相照映，更完成了美丽的构图。但这墙不是一道红墙，而是一道蓝墙；蓝墙上显出两个极粗大的图案文字"仁丹"，非常触目。以前欢迎我的笑颜忽然敛容退却，让这两个字强硬地站在前面来迎接我。

这好像上海四马路上卖春宫的，商务印书馆门前卖自来水笔的，又好像杭州的黄包车夫，突然挡住去路，硬要你买。我想叱一声"不要"，叫他走开。

《劳者自歌》

美在无名

又如你到室外去觅画，假如独个人去，你将感到孤寂；假如跟了你的非画友同去，你将感到更多的不方便。他会引导你到豪奢的洋楼前，富丽的花园里，盛称这是可以画的景致，又会劝你到名胜古迹的地方，盛称这是值得作画的题材。然而，豪奢的洋楼大都只是豪奢，富丽的花园大都恶俗不堪，而名胜古迹的地方大都只堪回想而不是观赏。你不画，有负盛意；勉强画此，何苦？这时候你一定会热烈地想念起你的画友来。假使有他们同行，根本不会来到这种地方。那路旁的劳劳亭，那市梢的小茶店，那庙前的打铁场，那桥堍下的豆腐浆摊，以及一切无名的美景，早已引起你们的共感，邀得你们的共赏，而满足你们的画欲了。中国的一般人所意识的"画"，好像另有一种意义。说起画，似乎非梅兰竹菊不可，非山水台榭不可，非瀑布不可，非时装美女不可……前会我从莫干山回来，许多人问我描了多少画来。实际，我在莫干山住了三五天，一张画也没有画。我的速写簿天天躲在我的袋里，始终没有见过莫干山上的天日。为了那山上并没有什么可画，远不及山下的乡村市井间的画材的丰富。然而听到我这话的人都表示不信，他们总以为我恐防别人"揩"我的画"油"，所以秘而不宣，真是天晓得。除了天以外，只有我的画友晓得。

《画友》

理解才能画

又如你要描人物画，请一个非画友的人坐着给你画一下，他便装出不自然的神气来，使得自己的姿态不能入画。他又会想到画的美丑同他的面子有关，于是来干涉你的画法。假如他看见你在描写别人，他便用他的好意，关照那个人说："你不要动！他正要画你！"于是那个人立刻不自然起来，做作起来，也使得自己的姿态不能入画，而你的画便在他的好意之下宣告失败。

假如你描写路上的一个女人，倘使这女人有些漂亮，你的非画友的同伴者便会浅薄地讥讽你，使你蒙不白之冤。要雪这种冤恨，只有去找你的画友。只有你的画友能解除了一切人物的现实的关系而同你在人物画中研究纯粹的线条、纯粹的形象和纯粹的色彩。

画并不全是装饰图案，画中的意义当然是重要的；但在技术的构成的期间（即制作的时间），却不容你顾到画中人物的现世的关系，务须当作纯粹的形状而对付。此中消息不足为外人道，只有你的画友们知道。绘画的人，拿了时代社会所养成的世间观，向世间去选择画材；再拿了脱离时代社会关系的绘画观，向画中去构造形象。这关键也只有画友们知道。画友们不但能对世间人物作共同的绘画观，自己也能身入画境，被画友观察描写，或竟被自己观察描写。要作良好的肖像画，被写的人一定要理解画道。但世间有许多人，莫说画道，连照相道都不理解，常在照相镜头前装出很滑稽的不入画的姿态来。

《画友》

好风景也会煞风景

西湖的最美丽的姿态，为什么直到解放后才充分表现出来呢？这是因为旧时代的西湖，只能看表面（山水风景），不能想内容（人事社会）。换言之，旧时代西湖的美只是形式美丽，而内容是丑恶不堪设想的。

譬如说，你悠闲地坐在西湖船里，远望湖边楼台亭阁，或者精巧玲珑，或者金碧辉煌，掩映出没于杨柳桃花之中，青山绿水之间。这光景多么美丽，真好比"海上仙山"！然而你只能用眼睛来看，却切不可用嘴巴来问，或者用头脑来想。你倘使问船老大"这是什么建筑？""这是谁的别庄？"因而想起了它们的主人，那么你一定大感不快，你一定会叹气或愤怒，你眼前的"美"不但完全消失，竟变成了"丑"！因为这些楼台亭阁的所有者，不是军阀，就是财阀；建造这些楼台亭阁的钱，不是贪污来的，便是敲诈来的、剥削来的！于是你坐在船里远远地望去，就会隐约地看见这些楼台亭阁上都有血迹！隐约地听见这些楼台亭阁上都有被压迫者的呻吟声—— 这真是大煞风景！这样的西湖有什么美？这样的西湖不值得游！西湖游春，谁能仅用眼睛看着而完全不想呢？

《春游西湖》

艺术家在观察物象时，
眼光的确同儿童的一样；
不但如此，
艺术家还要向儿童学习这天真烂漫的态度呢。

可嘆無知己高陽一酒徒

子愷畫

意味深长的人生

晴天空闲时喜看画

近来我的习惯：晴天空闲时喜看画，雨天空闲时喜读文；白昼空闲时喜看画，晚上空闲时喜读文。自己觉得这习惯非出于偶然，有着必然的理由。这理由是画与文的性质和晴昼与雨夜的感情所造成的。

画与文性质各异：看画不必费时，不必费力，一秒钟即可看出画的大意，多看几分钟也尽有东西看得出来，时间和眼力脑力都很自由。读文就没有这么便当，一篇文章大意如何？思想如何？非从头至尾通读一遍不能知道。就是"一目十行"，也要费一歇儿时光；而且你试想，"一目十行"的目，相当地吃力呢！

讲到人的感情，在晴天，白昼，若非忙着工作的时候，窗外的风日有时会对我作种种诱惑，使我的心旌有些儿动摇不定。若是没有出游的勇气与地方，不得已而要找几册书消闲，势必找画册，看时可以自由一些。倘找书看，若非很有兴味或很轻快的书，往往不易潜心阅读。能潜心读书的，只有雨天，或晚上的空闲时光。那时外界的诱惑都消失，窗外的景色对我表示拒绝，我的心才能死心塌地的沉潜于书中。——但这也不是常事，疏懒之极，雨夜也无心读书，只是闭目奄卧在床上看画，不过所看的是浮出在脑际的无形的画。

《读画漫感》

钓亦不得，得亦不卖

把我所欢喜的摘记数幅在下面，以示一斑：

其一幅绘萝卜白菜，题曰"愿士大夫知此味，愿天下人民无此色"。其一绘甘蔗与西瓜，题曰"但能尝蔗境，何必问瓜期？"其一幅仅绘鱼一条，题曰"单画鱼儿不画水，此中自信有波澜"。其一幅绘钓者，题曰"钓亦不得，得亦不卖"。其一幅绘游方僧，题曰"也应歇歇"。其一幅绘扶醉，题曰"何妨醉倒"。其一幅画酒杯与佛手，题曰"万事不如杯在手"。其一幅仅绘佛手，题佛经中句"合掌恭敬而白佛言"。……皆巧妙可喜。

但是多数思想太高古，使生在现代的我（虽然其中有几位作者也是现代人）望尘莫及，但觉其题句巧妙可喜，而少有切身的兴味。切身的兴味，倒在乎他们的笔墨的技术上。尤其是陈师曾先生（朽道人）的几幅，《野航恰受两三人》《独树老夫家》《层轩皆面水》,以及无题的,三张绿叶和一只红桔子,孤零零的一朵蒲公英,两三片浮萍和一只红蜻蜓(《太白》曾取作封面画),使我久看不倦。陈先生的画所以异于其他诸人者,是不用纯粹的中国画风,而略加一些西洋画风(听说他是东京美术学校西洋画科毕业的),然而加得很自然,使我只觉画面更加坚实,更加稳定,而不见"中西合璧"的痕迹。

《读画漫感》

"中西合璧"吴友如

"中西合璧"的痕迹相当地显露的，是《吴友如画宝》。

吴先生是清末长住在上海的画家，那时初兴的"十里洋场"的景物，大都被收在他的《画宝》中，他对于工笔画极有功夫。有时肉手之外加以仪器，画成十分致密的线条写实画，教我见了觉得害怕。这部《画宝》分量甚多，共有二十六册。内容分十一种：即古今人物图、海上百艳图、中外百兽图、中外百鸟图、海国丛谈、山海志奇、古今谈丛、风俗志图说、古今名胜附花鸟、满清将臣，及遗补。画幅之多，约在一千以上。

第一，古今人物图，所绘多古人逸事，如李白饮酒、伯乐相马、冯煖弹铗、虞姬别霸王等，还有许多古诗句的描写，例如"老妻画纸为棋局""天寒翠袖薄""坐看云起时""人面桃花"等。其中还有许多小儿游戏图，如捉迷藏、拍皮球、三人马、鹞鹰拖小鸡、滚铜板等，描写均甚得趣。儿童都作古装。第二是海上百艳图，此部为女孩子们所最爱看。所绘的大都是清末的上海妇女，小袖口、阔镶条、双髻、小脚。而所行的事已很时髦，打弹子、拍照、弹洋琴、踏缝衣机、吃大菜。吃大菜的一幅题曰"别饶风味"。又画洋装女子，题曰"效颦东施"。我看到一幅弹古琴的，佩服吴友如先生见识之广：那张七弦琴放在桌上，一头挑出在桌外，因为卷弦线的旋子在这头的底下。常见人画琴，全部置桌上，皆属错误。这点我也是新近才知道的。第三，中外百兽，第四，中外百鸟，我对之皆无甚兴味。第五，海国丛谈，第六，山海志奇，完全是《异闻志》的插画，每幅画上题着一大篇故事，我也没有兴味去读它。但见画中有飞艇，其形甚幼稚。也许那时的飞艇是如此的。第七，古今谈丛，第八，风俗志图说，也都是喧宾夺主的插画，每幅画上题着一大篇细字。我只注意其中一幅，描写某处风俗的跳狮，十几条长凳重叠起来，搭成一高台，各凳的远近法并无错误。这是全书中远近法最不错的一幅。在别处，他常常要弄错远近法，例如窗的格子，他往往画作平行。又如橱的顶，他往往画得看见。又如一处风景，他往往有两个"消点"，使远近法不统一。这在中国画中是寻常的事。但在洋风甚著的吴友如先生的画中，我认为是美中不足。以下的画，格调大都与上述的相仿佛。唯最后的遗补中，有感应篇图，构图妥当，笔法老练可喜。

《读画漫感》

画中有诗

"画中有诗"，虽然是苏东坡评王维的画而说的话，其实可认为中国画的一般的特色。

中国画所含有的"诗趣"，可分两种看法：第一种，是画与诗的表面的结合，即用画描写诗文所述的境地或事象，例如《归去来图》依据《归去来辞》之类，或者就在画上题诗句的款，使诗意与画义，书法与画法作成有机的结合。如宋画院及元明的文人画之类。第二种看法，是诗与画的内面的结合，即画的设想，构图、形状、色彩的诗化。中国画的特色，主在于第二种的诗趣。第一种的画与诗的表面的结合，在西洋也有其例。最著的如十九世纪英国的新拉斐尔前派的首领罗赛蒂（Dante Gabriel Rossetti，1828—1882）的作品。他同我们的王维一样，是一个有名的英诗人兼画家。他曾画莎翁剧中的渥斐利亚，又画但丁《神曲》中的斐亚德利坚的梦。第二层的内面的结合，是中国画独得的特色。苏东坡评王维的画为 "画中有诗"，意思也就在此。

《中国画的特色》

做梦与作画

做梦，大概谁也经验过：凡在现实的世界中所做不到的事，见不到的境地，在梦中都可以实现。例如庄子梦化为蝴蝶，唐明皇梦游月宫。化蝴蝶，游月宫，是人所空想而求之不得的事，在梦中可以照办。中国的画，可说就是中国人的梦境的写真。中国的画家大都是文人士夫、骚人墨客。隐遁、避世、服食、游仙一类的思想，差不多是支配历来的中国士人的心的。王摩诘被安禄山捉去，不得已做了贼臣，贼平以后，弟王缙为他赎罪，复了右丞职。这种浊世的经历，在他有不屑身受而又无法避免的苦痛。所以后来自己乞放还，栖隐在辋川别业的水木之间，就放量地驱使他这类的空想。假如他想到：最好有重叠的山，在山的白云深处结一个庐，后面立着百丈松，前面临着深渊，左面挂着瀑布，右面耸着怪石，无路可通；我就坐在这庐中，啸傲或弹琴，与人世永远隔绝。他就和墨伸纸，顷刻之间用线条在纸上实现了这个境地，神游其间，借以浇除他胸中的隐痛。这事与做梦有什么分别？这画境与梦境有什么不同呢？试看一般的中国画：人物都像偶像。全不讲身材四肢的解剖学的规则。把美人的衣服剥下，都是残废者，三星图中的老寿星如果裸体了，头大身短，更要怕死人。中国画中的房屋都像玩具，石头都像狮子老虎，兰花会无根生在空中，山水都重重叠叠，像从飞艇中望下来的光景，所见的却又不是顶形而是侧形。凡西洋画中所讲究的远近法、阴影法、权衡法（proportion）、解剖学，在中国画中全然不问。而中国画中所描的自然，全是现世中所见不到的光景，或奇怪化的自然。日本夏目漱石评东洋画为"grotesque 的趣味"。Grotesque（奇怪）的境地，就是梦的境地，也就是诗的境地。

《中国画的特色》

艺术家的眼光与儿童的眼光

成人，研究科学的人，经营生产的人，看物象时都能"想见"其作用及因果关系。却往往疏忽了物象本身的姿态。反之，儿童及艺术家，看物象时不管它的内部性状及对外关系，却清清楚楚地看见了物象本身的姿态。

　　你得疑问：艺术家就同孩子们一样眼光吗？我郑重地答复你：艺术家在观察物象时，眼光的确同儿童的一样；不但如此，艺术家还要向儿童学习这天真烂漫的态度呢。所以从前欧洲的大诗人歌德（Geothe），被人称为"大儿童"，因为他一生天真烂漫，像儿童一样，才能做出许多好诗来。

　　但须知道，艺术家的眼光与儿童的眼光，有一点重要区别：即儿童的眼光常常是直线，不能弯曲。艺术家的眼光则能屈能伸。在观察物象研究艺术的时候，眼光同儿童一样笔直；但在处理日常生活的时候，眼光又会弯曲起来，这叫作能屈能伸。

　　譬如儿童看见月亮，说是一只银钩子。诗人也说"一钩新月挂梧桐"。儿童看见云，当它是山。诗人也说"青山断处借云连"。但儿童是真个把新月当作银钩子，有时会哭着要拿下来玩；真个把云当作山，有时会哭着要爬上去玩。艺术家则不然，他但把眼

前景物如是描写，使它发生趣味，在人生中，趣味实在是一件重要的事体，如果没有趣味，件件事老老实实地、实实惠惠地做，生活就嫌枯燥。这也是人生需要艺术的原因之一。

《艺术的眼光》

意味深长的人生

铁工厂的技师放工回家，晚酌一杯，以慰尘劳。举头看见墙上挂着一大幅《冶金图》，此人如果不是机器，一定感到刺目。军人出征回来，看见家中挂着战争的画图。此人如果不是机器，也一定感到厌烦。从前有一科技师向我索画，指定要画儿童游戏。有一律师向我索画，指定要画西湖风景。此种些微小事，也竟有人萦心注目。二十世纪的人爱看表演千百年前故事的古装戏剧，也是这种心理。人生真乃意味深长！这使我常常怀念夏目漱石。

《暂时脱离尘世》

安适，是美的心境

有一个儿童，他走进我的房间里，便给我整理东西。他看见我的挂表的面合覆在桌子上，给我翻转来。看见我的茶杯放在茶壶的环子后面，给我移到口子前面来。看见我床底下的鞋子一顺一倒，给我掉转来。看见我壁上的立幅的绳子拖出在前面，搬了凳子，给我藏到后面去。我谢他：

"哥儿，你这样勤勉地给我收拾！"

他回答我说：

"不是，因为我看了那种样子，心情很不安适。"是的，他曾说："挂表的面合覆在桌子上，看它何等气闷！""茶杯躲在它母亲的背后，教它怎样吃奶奶？""鞋子一顺一倒，教它们怎样谈话？""立幅的辫子拖在前面，像一个鸦片鬼。"我实在钦佩这哥儿的同情心的丰富。从此我也着实留意于东西的位置，体谅东西的安适了。它们的位置安适，我们看了心情也安适。于是我恍然悟到，这就是美的心境，就是文学的描写中所常用的看法，就是绘画的构图上所经营的问题。这都是同情心的发展。普通人的同情只能及于同类的人，或至多及于动物；但艺术家的同情非常深广，与天地造化之心同样深广，能普及于有情、非有情的一切物类。

《美与同情》

人生的滋味在于生的哀乐

所以我的意见，绘画中羼入他物，须有个限度。拿绘画来作政治记载、宗教宣传、主义鼓吹的手段，使绘画为政治、宗教、主义的奴隶，而不成为艺术，自然可恶！然因此而绝对杜绝事象的描写，而使绘画变成像印象派作品的感觉的游戏，作品变成漆匠司务的作裙，也太煞风景了！

人生的滋味在于生的哀乐，艺术的福音在于其能表现这等哀乐。有的宜乎用文字来表现，有的宜乎用音乐来表现，又有的宜乎用绘画来表现。这样想来，在绘画中描点人生的事象，寓一点意思，也是自然的要求。

看到印象派一类的绘画，似乎觉得对于人生的观念太少，引不起一般人的兴味。因此讴歌思想感情的一类中国画，近来牵惹了一般人的我的注意。

《中国画的特色》

艺术是声和色的节文与仪则

礼是天理与人事之节文与仪则。同理，艺术是声和色的节文与仪则。小猫爬到了洋琴（钢琴）的键盘上，各种声音都有，但不成为乐曲。画家的调色板上，各种颜色都有，但不成为画。何以故？因为只有声色而没有节文与仪则的原故。故可知"节制"

是造成艺术的一个重要条件。我要用绘画上的构图来说明这道理。因为构图法最容易说得清楚。

《艺术与艺术家》

邻人

前年我曾画了这样的一幅画：两间相邻的都市式的住家楼屋，前楼外面是走廊和栏杆。栏杆交界处，装着一把很大的铁条制的扇骨，仿佛一个大车轮，半个埋在两屋交界的墙里，半个露出在檐下。两屋的栏杆内各有一个男子，隔着那铁扇骨一坐一立，各不相干。画题叫作"邻人"。

这是我从上海回江湾时，在天通庵附近所见的实景。这铁扇骨每根头上尖锐，好像一把枪。这是预防邻人的逾墙而设的。若在邻人面前，可说这是预防窃贼的蔓延而设的。譬如一个窃贼钻进了张家的楼上，界墙外有了这把尖头的铁扇骨，他就无法逾墙到隔壁的李家去行窃。但在五方杂处、良莠不齐的上海地方，它的作用一半原可说是防邻人的。住在上海的人有些儿太古风，"打牌猜拳之声相闻，至老死不相往来"。这样，邻人的身家性行全不知道，这铁扇骨的防备原是必要的了。

《羞耻的象征》

把艺术分为『为艺术的艺术』与『为人生的艺术』，不是妥善的说法。凡及格的艺术，都是为人生的。

闌干十二曲垂手明如玉

子愷

平凡的伟大

画家与漆匠

文人画是中国绘画上的一大特色。西洋文化亦分业，画家有胸无点墨者。故其作品亦多匠气，毫无风韵。

中国画饶有风韵者，正为画家多兼文人之故。英语称画家与漆匠皆曰 painter，画家与漆匠的工作亦相似。在中国则画家与漆匠名实均大异。这是东西绘画上的一大异点。这异点的来由，画法与画家互相关系。因画法不同，画家所需要的修养亦异。因画家的修养相异，其画法遂益见不同。

《中国画的完成》

画圣吴道子

吴道玄字道子，是玄宗时阳翟人。他起初也学铁线描及游丝描，后来反对这种细描，开始用粗细不同的线。

从前描线时，腕的用力不分轻重，一律到底，仿佛现在的用器画一般。吴道子开始用写字般的笔法来描线，用力或轻或重，挥笔或快或慢，一视对象的性质与主观的感觉而定。故其笔富有生趣。

故昔人批评他说："吴道子笔法超妙，百代之画圣。早年颇细，中年行笔磊落，挥霍如神。"又有人说："吴之用笔，其势圜转，衣服飘飘举。"

因此人称吴道子的线条曰"吴带当风"。

用这种线条来写山水，其山水就表出个性，富有写生的意趣。故山水画的独立，以吴道子的线条为引导。

《中国绘画的完成》

六朝三大画家

汉以后，三国、魏、晋、六朝的时代，天下大乱。或鼎立，或对峙，或纷争，无有宁日。

绘画偏在这戎马仓皇的时代大大发展起来，吴有大画家曹不兴，晋有卫协，北齐有杨子华，而所谓"六朝三大画家"，尤为著名。三大画家者，张僧繇、陆探微、顾恺之是也。

这班画家，不但长于画技，又长于画论。

《中国绘画的完成》

艺术的绘画，非画面浑然融合不可

有一次我看到吴昌硕写的一方字。觉得单看各笔划，并不好；单看各个字，各行字，也并不好。然而看这方字的全体，就觉得有一种说不出的好处。单看时觉得不好的地方，全体看时都变好，非此反不美了。

原来艺术品的这幅字，不是笔笔、字字、行行的集合，而是一个融合不可分解的全体。各笔各字各行，对于全体都是有机的，即为全体的一员。字的或大或小，或偏或正，或肥或瘦，或浓或淡，或刚或柔，都是全体构成上的必要，决不是偶然的。即都是为全体而然，不是为个体自己而然的。

于是我想象：假如有绝对完善的艺术品的字，必在任何一字或一笔里已经表出全体的倾向。如果把任何一字或一笔改变一个样子，全体也非统统改变不可；又如把任何一字或一笔除去，全体就不成立。换言之，在一笔中已经表出全体，在一笔中可以看出全体，而全体只是一个个体。

所以单看一笔、一字或一行，自然不行。这是伟大的艺术的特点。

在绘画也是如此。中国画论中所谓"气韵生动"，就是这个意思。西洋印象画派的持论："以前的西洋画都只是集许多幅小画而成一幅大画，毫无生气。艺术的绘画，非画面浑然融合不可。"在这点上想来，印象派的创生确是西洋绘画的进步。

《艺术三昧》

多样的统一，是美的

这是一个不可思议的艺术的三昧境。在一点里可以窥见全体，而在全体中只见一个个体。所谓 "一有多种，二无两般"（《碧岩录》），就是这个意思吧！这道理看似矛盾又玄妙，其实是艺术的一般的特色，美学上的所谓 "多样的统一"，很可明瞭地解释。其意义：譬如有三只苹果，水果摊上的人把它们规则地并列起来，就是 "统一"。只有统一是板滞的，是死的。小孩子把它们触乱，东西滚开，就是 "多样"。只有多样是散漫的，是乱。最后来了一个画家，要照着它们写生，给它们安排成一个可以入画的美的位置——两个靠拢在后方一边，余一个稍离开在前方，——望去恰好的时候，就是所谓 "多样的统一"，是美的。要统一，又要多样；要规则，又要不规则；要不规则的规则，规则的不规则；要一中有多，多中有一，这是艺术的三昧境！

《艺术三昧》

一粒沙里见世界

宇宙是一大艺术。人何以只知鉴赏书画的小艺术，而不知鉴赏宇宙的大艺术呢？人何以不拿看书画的眼来看宇宙呢？如果拿看书画的眼来看宇宙，必可发现更大的三昧境。宇宙是一个浑然融合的全体，万象都是这全体的多样而统一的诸相。在万象的一点中，必可窥见宇宙的全体；而森罗的万象，只是一个个体。勃雷克的"一粒沙里见世界"，孟子的"万物皆备于我"，就是当作一大艺术而看宇宙的吧！艺术的字画中，没有可以独立存在的一笔。即宇宙间没有可以独立存在的事物。倘不为全体，各个体尽是虚幻而无意义了。那末这个"我"怎样呢？自然不是独立存在的小我。应该融入于宇宙全体的大我中，以造成这一大艺术。

《艺术三昧》

色彩都有象征力

据美学者说，色彩都有象征力，能作用于人心。人的实际生活上，处处盛用着色彩的象征力。现

在让我先把红绿两色的用例分别想一想看：据说红象征性爱，故关于性的曰"桃色"。红象征婚姻，故俗称婚丧事曰"红白事"。红象征女人，故旧称女人曰"红颜""红妆"。女人们自己也会很巧妙地应用红色：有的把脸孔涂红，有的把嘴唇涂红，有的把指爪涂红，更有的用大红作衣服的里子，行动中时时闪出这种刺目的色彩来，仿佛在对人说："我表面上虽镇静，内面是怀抱着火焰般的热情的啊！"爱与结婚，总是欢庆的、繁荣的。因此红又可象征尊荣。故俗称富贵曰"红"。中国人有一种特殊的脾气：受人银钱报谢，不欢喜明明而欢喜隐隐，不欢喜直接而欢喜间接。在这些时候，就用得着红色的帮助，只要把银钱用红纸一包，即使明

明地送去，直接地送去，对方看见这色彩自会欣然乐受。这可说是红色的象征力的一种妙用！

《赤栏桥外柳千条》

版画的艺术

版画，显然是背叛向来"力求肖似实物"的画风的一种绘画。它因为是刻的，大多数用线条为表现的手段。它因为是印刷的，大多数只有黑白二色或单纯的几色。

这可以使人联想"图案"。图案中所描写的，岂是实际世间所有的现象？版画的内容当然不像图案那么荒唐，但在表现的技巧上，与图案相去不远。

总之，旧式西洋画有时可以使人误认为实物。版画则全无这种性格。版画坦白地表明着它是异于实物的一幅"画"，不是希图"冒充实物"的。

例如各杂志报纸上刊载的版画作例，索洛威克赤所作的《斯大林》像，是版画中写实风最浓重的一例，然而拿向来的西洋油画肖像和这比较起来，格调完全不同。前者含有"冒充实物"性，后者坦白地表明是"画"，一幅用线条描成的黑白两色的插画，我猜想这回的版画展览会中，一定不乏比这幅更"不像真"而"像画"的作品。无论所表现的是工场、烟囱、火车、群众等现代苏联社会的实际现状，但表现的技巧自与实际分离，自成一幅"绘画"。

《版画与儿童画》

版画与儿童画

中国画法，形状、色彩、构图，都取"简化"与"摘要"的方法。画家不肯细看物的各部，而作如实的描写，只是依据从物所得的大体印象，简明地、直截痛快地描出在纸上。画家不肯顾到物与环境的种种关系，而作周详的配景，只是把要表现的主要物体，孤零地、唐突地描出在纸上。因此，画面形成了一种单纯的、奇特的、非现实的特相。版画之所以在西洋绘画中别开生面者，就是为了版画的技术具有这种特相的一小部分的原故。

比版画更丰富地具有这种特相的，便是儿童画。如前所述，儿童画是思想感情特殊而画技未练的人所作的绘画，是重兴味而轻理法的绘画。这作画的态度，就与中国画家的作画态度相近似。前面说过：中国画家"不肯"细看物的各部而作如实描写，只是依据从物所得的大体印象，简明地、直截痛快地描出在纸上。儿童则是"不会"细看物的各部（如形、线、色）而作如实描写，却也能依据从物所得的大体印象而简明地、直截痛快地描出在纸上。

《版画与儿童画》

一种美的加味而已

惯于欣赏纯正艺术的人看见农民们爱看花纸儿，以为他们的欢乐，在于欣赏"花纸儿"这种绘画，其实完全不然。他们何尝是在欣赏绘画的形状、线条、色彩的美味？他们所欣赏的主要物是花纸儿所表出的内容意味——忠、孝、节、义等情节。花纸儿的灿烂的形象和色彩，只是使这种情节容易被欣赏的一种助力，换言之，即一种美的加味而已。

《深入民间的艺术》

绘画：以神气表现为灵魂

"绘画以形体肖似为肉体，以神气表现为灵魂。"即形体的肖似固然是绘画的一个重要目标，但此外还有一个更重要的目标，是要表现物象的神气。倘只有形似而缺乏神气，其画就只有肉体而没有灵魂，好比一个尸骸。

《画鬼》

"形体切实"与"印象强明"

西洋画法的特色是"形体切实"，东洋画法的特色是"印象强明"。例如现在前面走来的是个女人，用西洋画法在油画布上表现起来，是照现在望见的状态描写，虽不奇特，但很逼真，一望而知为一个世间的女人。倘用东洋画法在宣纸上表现起来，是看取其人的特点，加以扩张变化，而夸大地描写。虽不逼真，然而"女"的特点非常强明地表出着。试看古画中的仕女，大都头大身小，肩削腰细，形体上完全不像世间的人。然古代女子的纤弱窈窕的特点，强明地表出着。

《艺术的展望》

风景必合乎远近法，方成为绘画

实际上高的东西，在透视上有时变得很低。对风景时要作透视的看法，只要不想起实际的东西，而把眼前各物照当时所显出的形状移到所假定的玻璃板上，便可看见一幅合于远近法的天然图画。例如你站在河岸上，看见最近处水面上有一只帆船。稍远，对岸有一座桥。更远，桥后面有一座山。最远，山顶上有一支塔。这时候你可想象面前竖立着一块大玻璃板，而把远近不同的船、桥、山、塔，一齐照当时所显现的形状而拉到玻璃板的平面上来，便见一幅风景画。但当你拉过来的时候，必须照其当时所显现的形状，切不可想到实物。倘然当它们是实物而思索起来，就看不见天然的图画了。因为当作实物时，一定要想起"桥比船大，塔比桅粗，山比帆高"等实际的情形。但在透视形状中，完全与你所想的相反：桥比船小得多，塔比桅细得多，帆比山高得多。帆船中的小孩子，其身体比桥上走的大人大到数十倍呢。倘照实际大小描写，便不成为绘画。故风景必合乎远近法，方成为绘画。即现实必用直线的眼光看，方成为艺术。

《艺术的眼光》

"曲线"与"直线"

艺术的眼光是直线的，非艺术的眼光是曲线的。故艺术的眼光对物象是"看见"，非艺术的眼光对物象是"想见"。

更进一步来讨论：艺术的眼光对物象也可以"想见"。不过这"想"仍是直线的想，不是曲线的想。

什么叫作"曲线的想"与"直线的想"呢？答曰：想见物象的作用及因果关系的，叫作"曲线的想"。不管它在世间有何作用，对世间有何因果关系，而一直想起它的本身的意义的，叫作"直线的想"。

《艺术的眼光》

多数的艺术品，兼有艺术味与人生味

抗战艺术，以及描写民生疾苦、讽刺社会黑暗的艺术，是什么糖呢？我说，这些是奎宁糖。里头的药，滋味太苦，故在外面加一层糖衣，使人容易入口，下咽，于是药力发作，把病菌驱除，使人恢复健康。这种艺术于人生很有效用，正同奎宁片于人体很有效用一样。

故把艺术分为"为艺术的艺术"与"为人生的艺术"，不是妥善的说法。凡及格的艺术，都是为人生的。且在我们这世间，能欣赏纯粹美的艺术的人少，能欣赏含有实用分子的艺术的人多。正好比爱吃白糖的人少，而爱吃香蕉糖、花生糖的人多。所以多数的艺术品，兼有艺术味与人生味。

《艺术与人生》

两种错误

在中国，图画观念错误的人很多。其错误就由于上述的真和美的偏废而来，故有两种。第一种偏废美的，把图画看作照相，以为描画的目的但求描得细致，描得像真的东西一样。称赞一幅画好，就说"描得很像"。批评一幅画坏，就说"描得不像"。这就是求真而不求美，但顾实用而不顾欣赏，是错误的。图画并非不要描得像，但像之外又要它美。没有美而只有像，顶多只抵得一张照相。现在照相机很便宜，三五块钱也可以买一只。我们又何苦费许多宝贵的钟头来把自己的头脑造成一架只值三五块钱的照相机呢？这是偏废了美的错误。

第二种，偏废真的，把图画看作"琴棋书画"的画。以为"画画儿"，是一种娱乐，是一种游戏，是消遣的。于是上图画课的时候，不肯出力，只想享乐。形状还描不正确，就要讲画意。颜料还不会调，就想制作品。这都是把图画看作"琴棋书画"的画的原故。原来弹琴、写字、描画，都是高深的艺术。不知哪一个古人，把"着棋"这种玩意儿凑在里头，于是琴、书、画三者都带了娱乐的、游戏的、消遣的性质，降低了它们的地位，这实在是亵渎艺术！"着棋"这一件事，原也很难；但其效用也不过像叉麻雀，消磨光阴，排遣无聊而已，不能同音乐、绘画、书法排在一起。倘使着棋可算是艺术，叉麻雀也变成艺术，学校里不妨添设一科"麻雀"了。但我国有许多人，的确把音乐、图画看成与麻雀相近的东西。这正是"琴棋书画"四个字的流弊。现代的青年，非改正这观念不可。

《图画与人生》

艺术能美化人生

理想往往与事实相左，然而不能因此而废弃理想。和平美丽的公园中处处悬挂"禁止"的标札，到底是一件使人不快的事。世人惯说"艺术能美化人生"，我在这里想起了一个适切的实例：据某画家说，某处的公园中的标札，用漫画来代替文字，用要求同情来代替禁止，可谓调剂理想与事实的巧妙的办法。

例如要警告游人勿折花木，用勿着模仿军政法政，板起脸孔来喊"禁止"。不妨描一张美丽的漫画，画中表示一双手正在攀折一朵花，而花心里伸出一个人头来，向着观者颦蹙哀号，痛哭流涕。这不但比"禁止"好看，据我想来实比禁止有效得多。花木虽然不能言语，但它们的具有生机，人类可以迁想而知。有一种花被折断了，创口中立刻流出一种白色的汁水来，叶儿立刻软疲下来。看了这光景，谁也觉得凄惨。因为这种汁水可以使人联想到血，这种叶儿可以使人联想到肢体。那幅漫画所表现出来的，便是这种凄惨的光景。向人的内心里要求同情，自比强横的禁止有效得多。

又如要警告游人勿伤害池鱼，也可用同样的方法来要求同情，画一个大鱼，头上包着纱布，身上贴着好几处十字形的绊创膏，张着口，流着泪，好像在那里叫痛。旁边不妨再画几条小鱼，偎傍在大鱼身旁，或者流着同情之泪，或在用嘴吻它的创口。这是一幅很可动人的漫画，把人类的事（绊创膏）借用在鱼类身上，一方面非常滑稽可笑，另一方面非常易以引起同情。

又如要警告游人勿踏草地，也可画一只大皮鞋，沉重地踏在许多小草上。每株小草身上都长着一个小头，形如一群幼稚园里的小孩。但这些头都被大皮鞋所踏扁，成莽荠形，大家扁着嘴在那里哭。人们对于脚底下的事，最不易注意。但倘把脸贴伏在地上，细细观察走路时脚底下所起的情形，实在是很可惊的。那皮鞋好像飞来峰，许多小虫被它突然压死，许多小草被它突然腰斩。腰斩的伤痕疗养到将要复原的时候，又一个飞来峰突然压溃了它。这是何等动人的现象！这幅画就把这种现象放大，促人注意。看了这画之后，把脚踏到青青的嫩草上去，脚底下似觉痒痒的非常不安。这便是那幅画的效果。

这种画的效果，乃由于前述的自然"有情化"而来。能把花木、池鱼、小草推想作和人一样有感情的活物，看了这些画方有感动。而"有情化"的看法，又根据在人性中的"同情心"上。要先能推己及人，然后能迁想于物，而开"有情化"之眼。故上述的漫画标札，对于缺乏同情心的人，还是无效。

《禁止攀折》

平凡的伟大

艺术贵乎善巧，而善重于巧，故求丰富之内容，而不求艰深之技巧。故曰平凡。

平凡非浅薄，乃深入而浅出，凡人之心必有所同然。故取其同然者为内容，而作艺术的表现，则可使万人共感，因其客观性既广而感动力又大也，至于表现之形式，则但求能传情达意，不以长大复杂富丽为工。故曰平凡的伟大。

《平凡》

面包是肉体的食粮，
美术是精神的食粮。

舊時王謝堂前燕

雪舟以及绘事后素

雪舟"活的应用"

雪舟生于十五世纪初。他十二三岁的时候就出家为僧。他一面宏扬佛法，一面勤修绘画。他是一个所谓"画僧"。日本十二世纪时就有一个画派，叫作"宋元水墨画派"，就是取法我国宋元诸大画家的画风的。这宋元水墨派的始祖叫作荣贺。然而在荣贺的时代，只是模仿日本商人、禅僧从中国带回去的宋元画家作品，未能发挥水墨画的精神。到了雪舟手里，水墨画方才大大地进步，方才体得了马远、夏圭的真精神。这当然是雪舟的伟大天才的成果，但也是因为雪舟曾经亲自留学中国的缘故。

公历一四六七年，即中国明宪宗成化三年，雪舟从日本来到中国。他先到北京，向当时的宣德画院的画家学习。后来离开北京，南游江浙。他曾经在宁波的天童寺做和尚，名为天童第一座。他搜求宋元杰作的真迹,努力研究。同时又遨游中国名山大川,研究宋元画家的杰作的模特儿。这时期他恍然悟得了画道的真理:"师在于我,不在于他。"这就是说:"与其师法别人的画,不如直接师法大自然。"荣贺等从纸面上模仿宋元画笔法,雪舟却从山川风景上学习宋元画的表现法。他的师法宋元,不是死的模仿,而是活的应用。雪舟作品的高超就在于此,雪舟的伟大就在于此。

《雪舟和他的艺术》

开宗立派的雪舟

雪舟以前，日本水墨画派中有一个画僧叫作宁一山，是中国元朝的和尚归化日本的。还有一个水墨派画家叫作李秀文，是中国明朝人归化日本的。雪舟曾经师法宁一山和李秀文，后来亲自来到中国，探得了源头活水，画道就青出于蓝。他在中国留学数年，回到日本，大展天才，宣扬真正的宋元精神。于是日本水墨画大大地昌明。所以日本画史中说："水墨画始于荣贺，盛于雪舟。"雪舟之后，日本水墨画界著名的云谷派的领导者云谷等颜自称"雪舟三世"。长谷川派的领导者长谷川等伯自称"雪舟五代"。两人为了争取雪舟正统，曾经涉讼，结果长谷川败诉。于此可见雪舟在日本画坛上的权威。直到现在，雪舟的画风还在日本画坛上占据主要的地位。所以日本人尊雪舟为"画圣"，全世界崇雪舟为"文化名人"。

《雪舟和他的艺术》

雪舟的故事

我又想起了雪舟的两种逸话，乘兴也讲给大家听。

有一个中国人求雪舟一幅画，要求他画日本风景。雪舟就画日本田之浦地方的清见寺的风景，其中有个宝塔，亭亭独立，非常美观。后来雪舟返国，来到田之浦，一看，清见寺旁边并没有宝塔。大约是原来有塔,后来坍倒了。雪舟想起了在中国应嘱所写的那幅画,觉得不符现实,很不称心。他就自己拿出钱来,在清见寺旁边新造一个宝塔,使实景和他的画相符合。于此可见他作画非常注重反映现实。

　　雪舟十二三岁就做和尚。但他不喜诵经念佛,专爱描画。他的师父命令他诵经,他等师父去了,便把经书丢开,偷偷地拿出画具来描画。有一次他正在描画,师父忽然来了。师父大怒,拉住他的耳朵,到大殿里,用绳子把他绑在柱子上,不许他行动和吃饭。雪舟很苦痛,呜咽地哭泣,眼泪滴在面前的地上。滴得多了,形状约略像个动物。雪舟便用脚趾蘸眼泪作画,画一只老鼠。即将画成的时候,师父悄悄地走来了。他站在雪舟背后,看见地上一只老鼠正在咬雪舟的脚趾。仔细一看,原来是画。因为画得很好,师父以为是真的老鼠。这时候师父才认识了他的绘画天才,便释放他,从此任凭他自由学画。这便是这大画家发迹的第一步。

《天童寺忆雪舟》

眼睛是精神的嘴巴

我今天所要讲的，是"图画与人生"。就是图画对人有什么用处？就是做人为什么要描图画？就是图画同人生有什么关系？

这问题其实很容易解说：图画是给人看看的。人为了要看看，所以描图画。图画同人生的关系，就只是"看看"。

"看看"，好像是很不重要的一件事，其实同衣食住行四大事一样重要。这不是我在这里说大话，你只要问你自己的眼睛，便知道。眼睛这件东西，实在很奇怪：看来好像不要吃饭，不要穿衣，不要住房子，不要乘火车，其实对于衣食住行四大事，它都有份，都要干涉。人皆以为嘴巴要吃，身体要穿，人生为衣食而奔走，其实眼睛也要吃，也要穿，还有种种要求，比嘴巴和身体更难服侍呢。

所以要讲图画同人生的关系，先要知道眼睛的脾气。我们可拿眼睛来同嘴巴比较：眼睛和嘴巴，有相同的地方，有相异的地方，又有相关联的地方。

相同的地方在哪里呢？我们用嘴巴吃食物，可以营养肉体；我们用眼睛看美景，可以营养精神——营养这一点是相同的。譬如看见一片美丽的风景，心里觉得愉快；看见一张美丽的图画，心里觉得欢喜。这都是营养精神的。所以我们可以说：嘴巴是肉体的嘴巴，眼睛是精神的嘴巴——二者同是吸收养料的器官。

《图画与人生》

美术是精神的食粮

人因为有这样的一双眼睛，所以人的一切生活，实用之外又必讲求趣味。一切东西，好用之外又求其好看。一匣自来火，一只螺旋钉，也在好用之外力求其好看。这是人类的特性。人类在很早的时代就具有这个特性。在上古，穴居野处，茹毛饮血的时代，人们早已懂得装饰。他们在山洞的壁上描写野兽的模样，在打猎用的石刀的柄上雕刻图案的花纹，又在自己的身体上施以种种装饰，表示他们要好看，这种心理和行为发达起来，进步起来，就成为"美术"。故美术是为了眼睛的要求而产生的一种文化。故人生的衣食住行，从表面看来好像和眼睛都没有关系，其实件件都同眼睛有关。越是文明进步的人，眼睛的要求越是大。人人都说"面包问题"是人生的大事。其实人生不单要吃，又要看；不单为嘴巴，又为眼睛；不单靠面包，又靠美术。面包是肉体的食粮，美术是精神的食粮。没有了面包，人的肉体要死。没有了美术，人的精神也要死——人就同禽兽一样。

《图画与人生》

绘事后素

孔子说"绘事后素",乃言人必须先有美质,然后可加文饰,犹绘画之必须先有"素地",然后可施"彩色"。

我想:素地上若不施彩色而仅用黑色,照上面的道理说,应该更富"画意",更富"艺术味"。所以在中国画中,"墨画"的地位很高。山水、梅、兰、竹、石——自来不乏墨画的名作。

根本地想:绘画既不欲冒充实物,原不妨屏除彩色而用黑墨。照色彩法之理:墨是红黄蓝三原色等量混合而成,其中三原色俱足。拿俱足三原色的黑色来描在完全不吸收三原色的白色的素地上,色彩的配合非常饱和,色彩的对比非常强烈,本来可以不借别的彩色的帮助了。

《绘事后素》

孔子说"绘事后素",是用描画的"必须先有素底,然后可施色彩"来比方人生的"必须先有美质,然后可加文饰"。

一民族的文化,往往有血脉联通,形成一贯的现象,西洋的绘事不必"后素",使我怀疑西洋的人生不必先有美质,而可全部用文饰来遮掩。

美质是精神的,文饰是技巧的。东西洋文化的歧异,大概就在于此。

《绘事后素》

浮世绘漫画家英一蝶

英一蝶被称为“浮世绘漫画家”，因为他初学浮世绘，后来独辟画境而成为漫画家。他的画中多恶戏。例如描写二人下围棋，添描一孩子以物置其中一人的头上，其人热衷于棋，全不知觉。又如描写私塾学童踢球，球打先生之面，先生抱头呼痛。诸如此例，无不令人发笑。

然卒为讥刺过于尖刻而招祸。他曾作漫画、肖像画一册，题目《百人男》，内中描写当时权贵的相貌，夸张过甚，形容刻毒，并于每幅上题以讽刺文句。因此触怒权贵，下狱。不久出狱，故态不改，又作女人漫画肖像册，曰《百人女﨟》。册中有《朝妻船》一幅，被指为讽刺当时将军纲吉及其爱妾御传，又被捕下狱，流放三宅岛十二年。刑满归乡，画名益高，依旧从事讽刺画，至七十三岁寿终，死后又出遗作集。

《谈日本的漫画》

准浮世绘漫画家葛饰北斋

葛饰北斋被称为"准浮世绘漫画家",因其作风与浮世绘相去比英一蝶更远,而自称其画集为《北斋漫画》。"漫画"之名由此诞生。葛饰北斋十九岁学画,直至九十岁寿终,七十一年中未尝停笔。故所作画极多。他的画大都是小幅的。有人讥笑他只会作小画,不会作大画。北斋愤怒,为护国寺作画,用一百二十张纸连接起来,描一达摩祖师像。又在同样大的纸上画一匹大马,远望各部尺寸皆极自然,观者折服。随后又取白米一粒,于其上画两麻雀,见者无不惊叹。

《谈日本的漫画》

锹形蕙斋和《职人尽》

锹形蕙斋本为浮世绘版画专家，后来废止版画研究，专写含有诙谐味的简笔画。有画卷曰《职人尽》，现藏东京上野博物馆，其中描写各种社会的风俗，各种职人的生活，各种俚谚，皆曲尽其妙，而且处处出于诙谐。全德川时代的漫画作品，当以此《职人尽》为镇卷。

《谈日本的漫画》

歌川国芳也爱猫

歌川国芳是蕙斋的继承者。他在七八岁时读蕙斋的职人漫画，就立志作人物漫画家。其构图非常奇拔，有时把人的形状加以巧妙的配置，其画就同变戏法一样。例如描五个儿童，可以看成十个儿童。又如描许多人打堆，可以看成一个大头。后者曾被翻印在中国青年昔年的某杂志上，我幼时看了曾经发生趣味，照它临摹过，又自己仿作过。当时不知这是德川时代大漫画家的手笔，长后读日本画史，方才知道。因此想起西洋和中国也有这种绘画的游戏，例如两个女孩可以看成一个骷髅，一个老人头倒转来看是一个小孩子头等，是消闲读物的插图中所常有的。但我觉得这种技巧以日本人为最长。去年某月的《上海每日新闻》上有一幅相面先生的广告，其中附有一幅面孔的图，顺看是一副欢喜面孔，倒看是一幅愁苦面孔，描得非常自然。这种画法，大概是歌川国芳的遗风。歌川国芳的代表作为《荷宝藏壁无驮书》，是优俳的肖像画。把当时许多名优的相貌描成漫画风，形容非常古怪，而无论何人一看就认识。故当时一般民众奉此书为异宝。肖像漫画在英一蝶手中曾经大大地发达过。但英一蝶因此得罪权贵，流放荒岛十二年。自此以后，漫画家的笔锋不敢向大人物，而移向优伶。歌川国芳有爱猫的特癖，其画中常以猫为点景。

《谈日本的漫画》

幽默的大石真虎

　　大石真虎专门研究诸职人生活，其画亦多深刻的写实。其作品著名者有《百人一首一夕话》《神事行灯》《张替行灯》等，皆描写社会生活，四时行乐，种种世相，多幽默趣。其作风亦可说是蕙斋的延长。真虎不但作画幽默，其生活亦甚多幽默逸话。有一天，真虎在街上走，看见一家糕饼店里夫妇二人正在相打相骂。那妇人说"我要死了"，丈夫也说"我要死了"。许多孩子拥挤在门口观看。真虎走进糕饼店，拿柜上的糕饼向路上乱抛，许多孩子就争先恐后地拾糕饼吃。夫妇二人大窘，停止了吵架而向真虎理论。真虎认真地说："你们两人都死了，这些糕饼迟早要腐烂，不如抛给孩子们吃了。"夫妇因此和好如初。

《谈日本的漫画》

意到笔不到的仙厓

　　仙厓是一个禅宗的和尚，住在博多的圣福寺中。其作画草率而自然，寥寥数笔，曲尽妙趣，即所谓"意到笔不到"的境地。这一点是仙厓的特色。盖鸟羽僧正长于细描，笔虽简，其线条皆郑重而板滞，后世宗之。故以前的漫画，多数工致如绣像画然。仙厓胆大，挥毫无所顾忌，就自成草率的一种画风。现今日本有名的漫画家，如冈本一平、池部钧等，其用笔都有仙厓风。

《谈日本的漫画》

我不能承认自己是中国漫画的创始者，我只承认漫画二字是在我的画上开始用起的。

人散後，一鈎新月天如水

子愷

漫画的前世今生

日本漫画

漫画在日本，发达最早且盛。八百年前，我国宋朝盛行院体画。日本人曲意模仿，遂成藤原时代的隆盛。藤原画坛的主力，实为漫画。不过那时不称为漫画，而称为"鸟羽绘"。因为那时有一个大画家名叫鸟羽僧正的，用中国画的笔法写现实生活，题材都带滑稽味。他的画派就叫"鸟羽绘"。到了镰仓时代，盛行"绘卷"。绘卷就是在很长的手卷上绘写一故事。犹似现今流行的连续漫画。到了宝町时代，有讽刺画大家土佐光行、土佐光信，所作的画与漫画更相接近。到了德川时代，盛行"浮世绘"，即描写浮世日常生活状态的画。浮世绘中用简笔的，特称为"漫画"。漫画二字自此出现。

《漫画》

战斗漫画

战斗漫画：便是用画代替论文，即所谓"强于弹丸"的。例如最近西班牙被侵略时，有漫画家名叫卡斯塔洛斯（Castalos）的，作一幅漫画，写几个人埋葬一个被敌机炸死的人的尸体。题目叫作《这是种子，不是死尸》。又描写一个先生被敌机炸死，小学生在旁哭泣。题目叫作《最后一课》。这些画表面看似很沉静，实则怒火万丈，潜伏在画面之内，正在等待机会而迸发。俄国某作家写《大扫除》图，画一人手持火钳，立于地球上，火钳夹住一大腹洋装人物（资本家），将掷之于地球之外。日本柳濑正梦作一连续漫画，题曰《拔草》。写一军阀拔草，一财阀、一政阀在后相助。不知这草原来是一个巨人的头发，他们把巨人拔了出来。巨人出世，便扑杀三阀。如上所举，皆战斗漫画的例。

《漫画》

讽刺漫画

讽刺漫画：态度比前者稍和平，即所谓"以笑语叱咤世间"的。例如日本有一漫画家，作《提线戏》图，写一舞台上有许多木傀儡，它们的手脚上都缚着线，线的他端拿在舞台后面一个大肚皮洋装人物（资本家）的手里。傀儡的身上都有文字注明政界要人的姓名。又有西洋某画家，作一连续漫画，第一幅写一个政客似的人在台上讲演，主张"地球是扁的"。下面的听众表示不相信。第二幅，那人仍在台上讲演，用拳头敲桌子，竭力主张"地球是扁的"。下面的听众表示沉思，似乎将信将疑。第三幅，讲演的更积极主张"地球是扁的"，听众中有人点头说："或许有道理。"第四幅，台上主张得更厉害，听众都说："确有道理。"第五幅，再进一步。第六幅，听众都站起来，一齐举手大喊："地球是扁的！主张圆的都是反动分子！"讽刺人类的盲从，及政客的利用民众，用意甚为深刻。讽刺形似讥毁，其实是劝勉爱护的变相。故只要不伤厚道，于画家的人格无害。我国古代东方朔、淳于髡等，皆以讽刺滑稽的言语来劝谏，效果甚大。太史公所谓"谈言微中，亦足以解纷"。

《漫画》

描写漫画

描写漫画：不事争斗，不加批评，但以画描出人生诸相，真切而富有情味的，名曰描写漫画。此种漫画，在西洋较少，在东洋特多。日本老画家竹久梦二的作品，多数属于此类。例如有一幅，写一女子独居，细看手上的指环。题材简单得很，但是笔墨之外的意趣很丰富。又如描写一女子收到一邮信，题曰《欢喜的欠资》，含意亦深。（欠资信是太重之故，太重是信长之故。收到爱人的长信，故欢喜。）又如描一贫妇与一贵妇人在途中相遇，题曰《同班同学》，则表现世态更为动人。这都是描写漫画的好例。

《漫画》

"子恺漫画"的由来

人都说我是中国漫画的创始者，这话半是半非。

我小时候，《太平洋画报》上发表陈师曾的小幅简笔画《落日放船好》《独树老夫家》等，寥寥数笔，余趣无穷，给我很深的印象。我认为这真是中国漫画的始源。不过那时候不用漫画的名称。所以世人不知"师曾漫画"，而只知"子恺漫画"。

"漫画"二字，的确是在我的书上开始用起的。但也不是我自称，却是别人代定的。

约在民国十二年左右，上海一班友人办《文学周报》。我正在家里描那种小画，乘兴落笔，俄顷成章，就贴在壁上，自己欣

赏。一旦被编者看见，就被拿去制版，逐期刊登在《文学周报》上，编者代为定名曰《子恺漫画》。以后我作品源源而来，结集成册。交开明书店出版，就仿印象派画家的办法（印象派这名称原是他人讥评的称呼，画家就承认了），沿用了别人代定的名称。所以我不能承认自己是中国漫画的创始者，我只承认漫画二字是在我的画上开始用起的。

《我的漫画》

诗句与漫画

我从小喜读诗词，只是读而不作。我觉得古人的诗词，全篇都可爱的极少。我所爱的，往往只是一篇中的一段，甚至一句。这一句我讽咏之不足，往往把它译作小画，粘在座右，随时欣赏。有时眼前会出现一个幻象来，若隐若现，如有如无。立刻提起笔来写，只写得一个概略，那幻象已经消失。我看看纸上，只有寥寥数笔的轮廓，眉目都不全。但是颇能代表那个幻象，不要求加详了。有一次我偶然再提起笔加详描写，结果变成和那幻象全异的一种现象，竟糟蹋了那张画。恍忆古人之言："意到笔不到。"真非欺人之谈。作画意在笔先。只要意到，笔不妨不到；非但笔不妨不到，有时笔到了反而累赘。有的人看了我的画，惊骇地叫道："咦，这人只有一个嘴巴，没有眼睛鼻头？""咦，这人的四根手指粘成一块的！"甚至有更细心的人说："眼镜玻璃后面怎么不见眼睛?"对于他们,我实在无法解嘲,只得置之不理。管自读诗读词,捕捉幻象,描写我的"漫画"。《无言独上西楼》《几人相忆在江楼》《人散后,一钩新月天如水》等,便是我那时的作品。初作《无言独上西楼》,发表在《文学周报》上时,有一人批评道:"这人是李后主,应该穿古装,你怎么画成穿大褂的现代人?"我回答说:"我不是作历史画,也不是为李后主词作插图,我是描写读李词后所得的体感。我是现代人,我的体感当然作现代相。这才足证李词是千古不朽之作,而我的欣赏是被动的创作。"

《我的漫画》

年光倒流的儿童相

我作漫画由被动的创作而进于自动的创作,最初是描写家里的儿童生活相。我向来憧憬于儿童生活,尤其是那时,我初尝世味,看见当时社会里的虚伪骄矜之状,觉得成人大都已失本性,只有儿童天真烂漫,人格完整,这才是真正的"人"。于是变成了儿童崇拜者,在随笔中、漫画中,处处赞扬儿童。现在回忆当时的意识,这正是从反面诅咒成人社会的恶劣。这些画我今日看时,一腔热血,还能沸腾起来,忘记了老之将至。这就是《办公室》《阿宝两只脚,凳子四只脚》《弟弟新官人,妹妹新娘子》《小母亲》《爸爸回来了》等作品,这些画的模特儿——阿宝、瞻瞻、软软——现在都已变成大学生，我也垂垂老矣。然而老的是身体，灵魂永远不老。最近我重展这些画册的时候，仿佛觉得年光倒流，返老还童，从前的憧憬，依然活跃在我的心中了。

《我的漫画》

"显正"与"斥妄"

后来我的画笔又改了方向，从正面描写成人社会的现状了。我住在红尘万丈的上海，看见无数屋脊中浮出一只纸鸢来，恍悟春到人间，就作《都会之春》。看见楼窗里挂下一只篮来，就作《买粽子》。看见工厂职员散工归家，就作《星期六之夜》。看见白渡桥边白相人调笑苏州卖花女，就作《卖花声》。我住在杭州及故乡石门湾，看见市民的日常生活，就作《市井小景》《邻人之爱》《挑荠菜》……我客居乡村，就作《话桑麻》《云霓》《柳荫》……这些画中的情景，多少美观！这些人的生活，多少幸福！这几乎同儿童生活一样的美丽。我明知道这是成人社会的光明的一面，还有残酷、悲惨、丑恶的黑暗的一面，我的笔不忍描写，一时竟把它们抹杀了。

后来我的笔终于描写了。我想，佛菩萨的说法，有"显正"和"斥妄"两途。西谚曰"漫画以笑语叱咤人间"，我为何专写光明方面的美景，而不写黑暗方面的丑态呢？于是我就当面细看社会上的苦痛相、悲惨相、丑恶相、残酷相，而为它们写照。《颁白者》《都市奇观》《邻人》《鬻儿》《某父子》以及写古诗的《瓜车翻覆》《大鱼唉小鱼》等，便是当时的所作。后来的《仓皇》《战后》《警报解除后》《轰炸》等也是这类的作品。

有时我看看这些作品，觉得触目惊心。恍悟"斥妄"之道，不宜多用，多用了感觉麻木，反而失效。于是我想，艺术毕竟是美的，人生毕竟是崇高的，自然毕竟是伟大的。我这些辛酸凄楚的作品，其实不是正常艺术，而是临时的权变。古人说："恶岁诗人无好语。"我现在正是恶岁画家；但我的眼也应该从恶岁转入永劫，我的笔也不妨从人生转向自然，寻救济更深刻的画材。我忽然注意到破墙的砖缝里钻出来的一根小草，作了一幅《生机》。这幅画真正没有几笔，然而自己觉得比以前所作的数千百幅精工得多。以后就用同样的笔调，作出《春草》《战场之春》《抛核处》等画。有一天到友人家里，看见案上供着一个炮弹壳，壳内插着红莲花，归来又作了一幅《炮弹作花瓶，世界永和平》。有一天在汉口看见一棵截去了半段的大树正在抽芽，回来又作了一幅《大树被斩伐》。《护生画集》中所载《遇赦》《悠然而逝》《蝴蝶来仪》等，都是这一类的作品。直到现在，我还时时描写这一类的作品。我自己觉得真像沉郁的诗人。诗人作诗喜沉郁。"沉郁者，意在笔先，神在言外。写怨夫思妇之怀，写孽子孤臣之感。凡交情之冷淡，身世之飘零，皆可于一草一木发之。而发之又须若隐若现，欲露不露，反复缠绵，终不许一语道破。"（陈亦峰语）此言先得我心。

《我的漫画》

余每遇不朽之句，讽咏之不足，辄译之为画。不问唐宋人句，概用现代表现。自以为恪尽鉴赏之责矣。

与人心的"趣味"相一致的漫画

"写实"与"写意"

凡事入了专门研究，必须发生出许多"不足为外人道"的专门技法来。绘画艺术也是如此。所谓"笔意""气韵"，所谓"touch（笔触）""value（效力）"等，都是专门家之间的品评用语。普通的欣赏者中，真能理解这种技法的人极少。这在一方面看，原是绘画艺术进步的现象；但从他方面看，也是使绘画的欣赏范围缩小的一个原因，或者是把绘画推进象牙塔的一种助力。"绘画的欣赏"的难言，其主因也就在此。然而现在可以暂时不顾一切这等专门技法，而但从绘画的表面着手，把它们区别为"写实"与"写意"两大范型。这办法自不免粗率，然而容易引导一般人跨上绘画欣赏的道程。

《绘画的欣赏》

看树与看画

漫画的取材与含义，正要同这种诗一样才好。胡适之先生论诗材的精彩，说："譬如把大树的树身锯断，懂植物学的人看了树身的横断面，数了树的年轮，便可知道树的年纪。一人的生活，一国的历史，一个社会的变迁，都有一个纵剖面和无数横断面。纵剖面须从头看到尾才可看见全部。横断面截开一段，若截在紧要的所在，便可把这个横断面代表这一人，或这一国，或这一个社会。这种可以代表全部的，便是我所谓最精彩的。"我觉得这譬喻也可以拿来准绳我所欢喜的漫画。漫画的表现，正要同树的横断面一样才好。

《漫画艺术的欣赏》

"饮冰"与"施茶"

去年夏天我也曾写过一幅同类的画：画一条马路，路旁有一个施茶亭，亭的对面有一所冰淇淋店。这边一个劳动者正在施茶亭畔仰起了头饮茶，那边青年男女二人挽着手正在走进冰淇淋店去。画中只有三个字，冰淇淋店门口的大旗上写着一个"冰"字，施茶亭的边上写着"施茶"二字，都是造型内的文字，此外不用画题。这画的取题可说是精彩的。但这不是我自己所取，是我的一个绘画同好者取来借给我的。去年夏天他从上海到我家，把所见的这状态告诉我，劝我描一幅画，我就这样写了一幅。

《漫画艺术的欣赏》

诗中有画

余读古人诗，常觉其中佳句，似为现代人生写照，或竟为我代言。盖诗言情，人情千古不变，故好诗千古常新。此即所谓不朽之作也。余每遇不朽之句，讽咏之不足，辄译之为画。不问唐宋人句，概用现代表现。自以为恪尽鉴赏之责矣。初作《贫贱江头自浣纱》图，或见而诧曰："此西施也，应作古装；今子易以断发旗袍，其误甚矣！"余曰："其然，岂其然欤？颜如玉而沦落于贫贱者，古往今来不可胜数，岂止西施一人哉？我见现代亦有其人，故作此图。君知其一而不知其他，所谓泥古不化者也，岂足与言艺术哉！"其人无以应。吾于是读诗作画不息。

《〈画中有诗〉自序》

竹久梦二的漫画

梦二先生的画有许多不用画题，但把人间"可观"的现象画出，隐隐地暗示读者一种意味。隐隐的暗示，可有容人想象的余地。

例如有一幅描着一个女子独坐在电灯底下的火钵旁边，正在灯光下细看自己左手的无名指上的指环。没有画题。但这现象多么"可观"！手上戴着盟约的指环的人看了会兴起切身的感动，没有这种盟约指环的人，会用更广泛自由的想象去窥测这女子的心事——这么说穿了也乏味。

总之，这是世间万象中引人注目的一种状态。作者把它从万象中提出来，使它孤立了，成为一幅漫画，就更强烈地引人的注目了。日常生活中常有引人注目的现象，可以不须画题，现成地当作漫画的材料，只要画的人善于选取。

梦二作品中还有许多可爱的例。有一幅描着一株大树，青年男女二人背向地坐在大树左右两侧的根上，大家把脸孔埋在两手中，周围是野草闲花。这般情状也很牵惹人目。有一幅描着一个军装的青年武夫，手里拿一册书，正在阅读，书的封面向着观者，但见题着"不如归"三字。取材也很巧妙（《不如归》是当时大流行的一册小说，描写军阀家庭中恋爱悲剧的。这小说在当时的日本，正好像《阿Q正传》在现在的中国）。

又有一幅描着一个身穿厨房用的围裙的女子，手持铲刀，仓皇地在那里追一只猫。猫的大半身已逃出画幅的周围线之外，口中衔着一个大鱼。这是寻常不过的题材，但是一种不言而喻的紧张的情景，会强力挽留观者的眼睛。请他鉴赏一下，或者代画中人叫一声："啊哟！"又有一幅描着乡村的茅屋和大树，屋前一个村气十足的女孩，背上负着一个小弟弟，在那里张头张脑地呆看，她的视线所及的小路上，十足摩登的青年男女二人正在走路。这对比很强烈。题目“东京之客”。其实不题也已够了。

《漫画艺术的欣赏》

竹久梦二的漫画：画龙点睛

加上一个巧妙的题目，犹如画龙点睛，全体生动起来。有一幅描着车站的一角，待车的长椅上坐着洋装的青年男女二人，交头接耳地在那里谈话，脸上都显出忧愁之色。题曰《不安的欢乐》。有一幅描着一个天真烂漫的少女，坐在椅子上，她的手搁在椅子靠背上，她的头倾侧着。题曰《美丽的疲倦》。有一幅描着一个少妇，手中拿着一厚叠的信笺，脸上表出笑容，正在热切地看信；桌上放着一张粘了许多邮票的信壳。题曰《欢喜的欠资》。有一幅描着一个顽固相十足的老头儿，正在看一封长信。他身旁的地上（日本人是席地而坐的，故这地上犹如我们的桌上）一张信壳，信壳的封处画着两个连环的心形（这是日本流行的一种装饰的印花，情书上大都被贴上一张）。他的背后的屏风旁边，露出一个少女的颜貌来，她颦蹙着，正在偷窥这老头儿的看信。题曰《冷酷的第三者》。以上诸画题是以对比胜的。还有两幅以双关胜的：一幅描着一个青年男子正在弹六弦琴，一个年轻女子傍在他身旁闭目静听。题曰《高潮》。一幅描着伛偻的老年夫妇二人，并着肩在园中傍花随柳地缓步。题曰《小春》。

《漫画艺术的欣赏》

"言简而意繁" 的竹久梦二

　　还有些画题，以心理描写胜。例如有一幅描着夏日门外，一个老太婆拿着一把小尖刀，正在一个少年的背上挑痧。青年缩着颈，痉着手足，表示很痛的样子。他的前方画着一个夕阳。题曰《可诅咒的落日》。要设身处地地做了那个青年，方才写得出这个画题。有一幅，描着一个病院的售药处的内面，窗洞里的桌上放着许多药瓶，一个穿白衣的青年的配药女子坐在窗洞口，正在接受窗洞板上的银洋。题曰《药瓶之色与银洋之声》。作者似在怜惜这淡装少女的生活的枯寂，体贴入微地在这里代她诉述。有一幅描着高楼的窗的内部，倚在窗上凝望的一个少女的背影。题曰《再会》。有一幅描着一个女子正在看照片，题曰《Kiss（接吻）前的照片》。还有一幅描着一个幼女正在看照片，题曰《亡母》。这等画倘没有了画题，平淡无奇。但加上了这种巧妙的题字，就会力强地挑拨看者的想象与感慨。他有时喜用英语作题目。描旷野中一株大树根上站着一个青年学生，题曰《Alone（孤独）》。描两个青年恋人在那里私语，题曰《Ever，Never（永远，永不）》。描两个天真烂漫的小学生背着书包在路上走，挽着臂的一对青年爱侣同他们交手过，小学生不睬他们，管自仰着头走路，题曰《We Are Still Young（我们还年轻）》。用英文作题，不是无谓的好奇。有的取其简洁，翻译了要减少趣味，例如前二幅。有的取其隐晦，翻译了嫌其唐突，例如后一幅。

《漫画艺术的欣赏》

西洋的漫画

十六世纪意大利文艺复兴期三大美术家之一的列奥纳多·达·芬奇（Leonardo da Vinci）曾经描写种种的人的脸，将脸孔的特点夸张，描得使人看了发笑。这才可说是西洋漫画的开始。其后讽刺人生的绘画渐多。……

在拿破仑时代，法国女子盛行高髻。便有漫画家夸张其事，描写一丈夫爬上梯子去为其妻助妆。这可说是西洋漫画的初期。

入十九世纪，法国画家杜米埃（Daumier）出世，西洋开始正式地容纳讽刺分子。今日西洋漫画的繁荣，实发轫于此。

《谈日本的漫画》

漫画，与人心的趣味相一致

漫画的本色如何？这非常复杂，总而言之，与人心的"趣味"相一致。

人心有讽刺的趣味，漫画中也有讽刺；人心有幽默的趣味，漫画中也有幽默；人心有滑稽的趣味，漫画中也有滑稽；人心有游戏的趣味，漫画中也有游戏——趣味最多样的，而表现法亦最多样的，莫如日本的漫画。

《谈日本的漫画》

鸟羽僧正

藤原时代,约当中国的宋朝。美术最初从中国入日本的时候,绘画全是佛菩萨的画像。

藤原时代有一个画家名叫鸟羽僧正的,开始用中国画的笔法描写现实生活,且其画含有多量的滑稽趣味。这是日本漫画的源泉,后世漫画家汲鸟羽僧正之流者甚众。故日本画论者就确定他是日本漫画的始祖。

《谈日本的漫画》

鸟羽僧正趣话

鸟羽僧正不但在画中作奇离的故事,其生活中亦有种种离奇的逸话:据说鸟羽僧正曾为管仓库的官吏。

有一次,他描一幅画,仓中的米被大风吹上天去,许多人在下面拿捉无效,仓皇失措,样子非常可笑,人都不解他的意思,后来日本皇帝见了这画,也发大笑,定要问他什么意思。僧正回答说:现今的贡米中糜糠渐多,将来一定全部是糠,风吹上天时拿捉不住。皇帝大笑,遂下令严查贡米。此后人皆不敢作弊。

又有一次,日本的皇帝神经患病,医生束手。鸟羽僧正自言能治御病,作漫画一卷奉呈。皇帝看了,病果然痊愈。

《谈日本的漫画》

日本漫画中的故事

丙野续娶一比他小三十多岁的少女为继室，甚怜爱之。一日，丙野夫人赴银行领款，职员态度怠慢。夫人大怒，归告丙野，誓必复仇。丙野告该银行老板，欲以百万元盘其银行。老板不允，出重价而后可。丙野得银行，即召全体职员开会。职员齐集，即请丙野夫人上演讲台，指出前日领款时态度怠慢之人，革其职，丙野夫人之怒始解。又一日，洞尾介绍一卖古董者于丙野，极口称赞画之名贵，丙野出十万元购藏之。他日出画，见蠹鱼盘踞画中，画已破碎不堪收拾。丙野惜物，见此蠹鱼已食代价十万元，不忍舍弃，畜之玻璃瓶中，供案头，时时用显微镜欣赏之。丙野一生行事，大率类此。丁野为丙野之甥，而穷不可当。一日，谋饭碗不成，闲行市中，见旧衣店头悬旧大衣一件，与自己身材正称。心念世间看重衣衫，若买得此大衣，谋事必成。见标价十元，又嫌其贵。正踌躇间，适值洞尾，因将心事告之。洞尾谓此店老板乃其好友，只要稍稍结交，不难以最廉价得此大衣。于是丁野托其介绍，请老板吃牛肉酒。洞尾胃甚健，肆意饮啖，既醉且饱。丁野还账三元五角，心念大衣可得最廉价，付账不妨稍阔，即以找头赏堂倌。于是洞尾代为向老板申说丁野之意。老板谓自当格外克己，不过须归店查账，方可定价，定后当以明信片通知丁野。丁野感谢而去。次日，丁野接明信片，上写"特别廉价，九折计算，请速来成交"云云。又一日，丁野家中寄到十元汇票一纸，是夜丁野将此汇票藏里衣袋中而卧，准备明日赴邮局领取。夜梦大风入室，将此汇票吹上屋顶。丁野上屋，风又将票吹上树颠。丁野缘木求票，将达树颠，风又将票吹入河中。丁野不顾性命，随票跃入河中。幸洞尾及其他三四友人正作船游，恰巧经过其地，合力救起丁野，并为打捞汇票，人财皆不损失。梦醒，一身大汗。即赴邮局领洋十元，随即走告洞尾，表示谢意。洞尾索牛肉酒为酬，又约梦中其他诸友同食。席上诸友共称丁野友情素重，故梦中亦得友人相助；且人财失而复得，大可庆祝。于是痛饮大嚼，丁野会钞九元余，散出时袋中只剩铜板数枚。丁野一生行事，大率如此。洞尾自乡赴东京，谓一在公司当职员之友人曰，我家住清溪之旁，又可望见富士山。一日，天气清明，友人向公司乞假，乘火车往访洞尾，冀一享清福。至则洞尾正裸体种田，其家不蔽风雨。询以清溪及富士山，洞尾指屋旁泥沟云，一个月不雨，当即清冽。又指野中长松云：天晴无云之日，登此树颠，可于望远镜中望见富士山顶。又一日，洞尾与友人约，次日午后一时赴访。次日，洞尾至友人家，见壁上时钟已指三时。即鞠躬道歉，谓友人曰："予非敢误约，只因十二点半正欲动身时，友人丁野暴病，托为延医，奔走多时，方得脱身。急驰至电车站，又值电气故障，等待至一小时之久方得上车。下车后急赴尊府，不料又在电车站附近拾得皮夹一只，内藏拾元钞票三十张。因即走报公安局，托其归还物主。转辗延搁，以至迟到，千万原谅！"友人听毕，从袋中摸出表，徐徐谓洞尾曰："足下并未迟到，现在正是一点钟，此壁上时钟乃昨日停后未开之故。"

《谈日本的漫画》

所以鉴赏艺术，
不可单用低级的理智作用，
应该用情绪、情操，
发见作品背面潜伏着的心理，
才能体验作者底情调，
才算是真的艺术鉴赏。

山高月小
水落石出

子愷

西洋画的欣赏

西洋美术的三次隆盛

西洋美术，曾经三次隆盛。第一次是二千余年前的希腊埃及时代，第二次是十五六世纪的意大利文艺复兴，第三次是最近的十九世纪。但第一期的作品，现今流传的只有雕刻及建筑，绘画大都失亡，不可征考。所以我们要讲西洋画史，只有从文艺复兴讲起，而文艺复兴前后，欧洲宗教艺术盛行，绘画被宗教所限制，难得自由发展。故真正的绘画艺术的发展，乃在十九世纪西洋画派的勃兴。

《西洋画简史》

文艺复兴时期的绘画

西洋绘画的正式成立，始于十三世纪的意大利文艺复兴初期画家契马波①（Cimabue，1240—1302？）。故西洋人称这画家为"绘画之父"。但契马波没有作品流传于后世，我们只知道他是善描极工细的绘画的。他有一天散步于野中，看见一个牧羊童子用碳条在石上描羊，描得极好，就收他为画弟子，教他学画。这牧羊童子后来成为西洋第一代传世的大画家，即乔笃②（Giotto，1266—1337）。乔笃的传世的杰作，现存于意大利的寺院中，即《圣弗朗西斯一代记》及《马利亚的生涯》。这二杰作都是很详细而很工致的画。前者由二十八幅联合而成，后者由三十八幅联合而成。描写关于圣弗朗西斯及马利亚的传说，用以引诱基督教徒的信仰心。故他的画全是精致的理想画。

《为妇女们谈绘画的看法》

到了文艺复兴盛期，西洋美术史上出了三个鼎鼎大名的大画家，即辽那独③（Leonardo da Vinci，1452—1519）、米侃郎琪洛④（Michelangelo，1475—1564）和拉费尔⑤（Raphael，1483—1520）。辽那独的杰作，有《最后的晚餐》见《美术史》，与《莫拿丽萨》。这些画都是很工致的。《最后的晚餐》所描写的是耶稣

---

① 契马波，今译为契马布埃。——编者注。

② 乔笃，今译为乔托，意大利画家、雕刻家、建筑师。——编者注。

③ 辽那独，即列奥纳多·达·芬奇。下文的《莫拿丽萨》即《蒙娜丽莎》。——编者注。

④ 米侃郎琪洛，即米开朗基罗。——编者注。

⑤ 拉费尔，今通译为拉斐尔。——编者注。

受刑的前晚和十二个弟子们会餐的光景。画中十三个人物，都描得非常精致，全画费了两年的日月而描成。《莫拿丽萨》是一个女子的肖像画，辽那独描写她口上的笑颜，曾费不少的心血。后人称这笑颜为"神秘的微笑"。这小小的一幅画，竟费了五年的日月而描完，其描写的精致，可想而知了。从辽那独起，描画不全凭想象，而渐渐重用实物写生的方法了。《莫拿丽萨》便是辽那独请他的女友坐在面前，看着了真的人而描写的。

《为妇女们谈绘画的看法》

米侃郎琪洛的绘画，更为巨大而精致。他的杰作是罗马Sistina 寺院中的大壁画。这壁画分为三大部，即《人类创造》《伊甸乐园》和《乐园追放》。每部中描着极复杂的光景。就中"人类创造"一部，最为伟大力强，画中共有人物三百余人，个个描得非常精致而逼真，其想象力的丰富，实在令人惊骇！后来他又为该寺院作一幅大壁画，名曰《最后的审判》，布局更加伟大，全画费了七年而描成。

第三位画杰拉费尔，善描"圣母"（Madonna）。他所描的圣母，容貌十分优美柔和而端庄；在她身旁的圣婴、天使等，也都十分玲珑活泼，实际的世间决不能找到这样十全的女子和婴孩。就中有一幅圣母的画，下方添描两个生翼膀的天使。这两个天使的姿势，是拉费尔从邻家的两个小孩中看来的。由此可知古人的描画，是把平日在各处所见的各种样子凑集拢来，而成为一幅完全的作品的。换言之，即视点逐次注集于画中的各部而描成的。

故其物象都是理想的，其描法都是工致的。

《为妇女们谈绘画的看法》

工致的绘画

西洋的古典派以前的绘画，都是属于这一类的。现在可举意大利画家波的契利① （Sandro Botticelli，1444—1510）的《圣母戴冠》为实例。

试看这幅画中，全体都描得非常详细而精致。圣母衣服上的花边、圣婴基督的脚爪、诸天女的卷发，和衣服上的模样、圣母的冠上的纹样，都描得很清楚；连那册书上的一行一行的文字也几乎历历可辨。这真是"工致的绘画"的确切的实例。波的契利描这幅画时，是把视点逐次集注于圣母圣婴及天女等的各部而分别仔细观察，然后一部一部地描写的。故我们看这幅画的时候，也不妨把视点逐次集注于各部而分别细看。

《为妇女们谈绘画的看法》

例如波的契利这画中的圣婴，世间哪里找得到这样十全美秀的婴孩？这是波的契利从平日所见的许多美秀的婴孩中采取众长而集成的，故十全美秀而异常精致。盖此种工致的绘画，大都不

---

① 波的契利，今通译为波提切利。——编者注。

是写生实物，而是采取众长而集成的，故能如此工致。这等画家的观察物象，不但把视点逐次集注于同一物象的各部分上，又把视点逐次集注于许多物象的各部上，采取各物的各部的美点，使集成一种完美的物象，而描入画中。

我们普通对着了实物而描画，名曰"写生画"；反之，这等画家不看实物而描写心中所记忆或想象的样子，可名曰"理想画"。如前所述，理想是使绘画工致的一个原因。故工致的绘画，大都是理想画。

西洋绘画的正式成立，始于中世纪意大利的文艺复兴期。自文艺复兴期以降，直至十九世纪初叶法兰西的古典画派，其间许多大画家所描的画，都是这种理想画，即都是工致的绘画。上述的波的契利便是其中的一人。

《为妇女们谈绘画的看法》

西洋画的特质

西洋画比起中国画来还有许多点的特质：即西洋画注重远近法（perspective）。凡物的形体必依照正确的透视的法则，在中国画则但写意趣，不拘法则。

又西洋人物画注重人体的解剖法（anatomy）、比例法（proportion）。凡人物各部骨格、筋肉，及长短、大小、比例，均须依照各种规则，如实描写；中国画则但表神情，不求肖似实形。

又西洋画（尤其是近代的画派）取材范围广泛，自风景、人物以至静物，凡自然界事物，几乎皆可入画；中国画则于画材选择上颇有意见与型范，所收事物不及西洋画的广泛。

又从用具上看，中国画用毛笔在吃水的宣纸上挥毫，非常注重笔意，即非常注重线条；西洋画则用刷子涂油漆在布上，虽然也自有笔触（touche），然多涂刷，远不如中国画的以线条为主，注重线条的力。后期印象派以后，西洋画亦重用线条，便是受中国画的影响。

《西洋画的看法》

试看写实主义的米勒（Millet）等的绘画，印象主义的莫奈（Monet）、马奈（Manet）等的绘画，外形很像一张照相，然而细味其构图的巧妙、色彩的谐和、笔法的自然，以及全体的团结与统一，即各部对于全体的集中，即宾主地位的得宜，方知其中笔笔有效果，笔笔有作用，即不能增一笔，不能减一笔。—— 这是佳作的重要条件，亦即艺术的绘画之所以异于照相的特色。这叫作"画面美"。次就画面美略申说之。

《西洋画的看法》

画面美可就形、色、调子三方面论。而就中以形美为最重要。

形就是骨格，就是构图。西洋人有几句话："男人看画看构图，女人看画看色彩，儿童看图看事物。"这话很有趣味。男子富于构成组织的能力，对事物能从大处着眼，故看画也最先注目其全部的构造。女子富于感情，善于直观的感受，故对于画也最先受其色彩的诱惑。儿童缺乏理性的锻炼，未能体得艺术的创作的心情；其本身是一天然的艺术，而不能鉴赏世间的人为的艺术，故对画容易起理知的推究，而必首先追究所画的是甚么东西。

《西洋画的看法》

看画须用纯洁的头脑，与明慧的眼光。使画面的形、色、调，直接传达感情于吾人的心目。吾人获得与这等形、色、调相对话的机会，于是真的绘画鉴赏就成立了。

《西洋画的看法》

宾主颠倒

西洋的浪漫派、写实派的绘画，专重题材的选择，形似的写描，作出插画式、照相式的画来，是宾主颠倒。

未来派、立体派、构图派，索性不描物象，而徒事感觉的游戏，作出像老画家的调色板或漆匠司务的作裙的所谓"纯粹绘画"来，是矫枉过正。

即前者是绘画的"文学化"，后者是绘画的"数学化"。均不及"音乐化""书法化"的自然而富于情味。

《我对于陶元庆的绘画的感想》

何谓鉴赏

米勒底画，都是深入人间精神的作品。其中最伟大的，暗示他底人生观和他对于人间的苦闷的作品，便是那幅《持锄的男子》。画中描着一个焦黄、劳倦、如兽的农夫，持锄佝偻着，大意如图。

《持锄的男子》作于一八六二年，明年发表于沙隆。当时曾受一般人底攻击，批评说他故意描写丑物。其实他们所见甚浅，还不能赏识这画底伟大。这画倘只用低级的、理智的眼光看时，不过一幅劳农底画像，并无何等的伟大。但米勒底画，决不是这样浅薄的。他底艺术底所以伟大，因为他底制作中，暗示着无限的意义和情操。

他并非故意描写丑物。因为他觉得焦黄、劳倦、野兽似的为劳动所伤的农夫，给他最深的印象，最铭感他底心。

把心中所最铭感的现象率直地描写出来，他认为是真正的、有价值的、伟大的艺术创作。故当时一般人反对他时，他曾这样回答他们：

"人们对于我底《持锄的男子》的批评，在我觉得很奇怪。看见了命定的非汗流满面不能生活的人时，把心中所起的感想最率直地描写出来，难道是不行的么？有人说我反乡村美，实在我在乡村所发见的，比美更大——无限的光荣……"（罗曼·罗兰著《米勒传》）

《直到世界末——上海艺术师范五周年纪念》

持锄的男子　米勒（法国，现实主义）

　　所以鉴赏艺术，不可单用低级的理智作用，应该用情绪、情操，发见作品背面潜伏着的心理，才能体验作者底情调，才算是真的艺术鉴赏。在资本制度下面非汗流满面不能生活的农夫，最激起米勒底同情。劳动的压迫把上帝照神像而造的人间残虐到这地步，使灵的动物的人类中现出这样可怕的、无智蒙昧的、野兽似的怪物来。岂非大悖神意的人间罪恶？这是米勒作这画的用意。像现今的世界，正是需要像米勒的艺术家的时候！

　　　　　　《直到世界末——上海艺术师范五周年纪念》

看画是用心灵看的

艺术品中最容易惹人批评的，大概要算绘画了。因为绘画可以花极短的时间（数秒钟）看完，不像文学地要费心来通读之后，才得知其内容。又绘画所描出的东西，大家一望而知，有目共赏，不比音乐地要有练习的耳朵，方能懂得。所以大多数的人，看到一幅绘画，总要在观赏之后说几句评语：例如说"我觉得这画□□①"，"其中的□□画得不像"，或"其中的□□画得最好"，又或搬出许多文学的形容词来，卖弄一番 rhapsodic②的才能。

《西洋画的看法》

然而一般人的对于绘画的看法，往往容易犯下列的三种通病。即第一是要追求所画的是甚么东西，第二是要追求这画所表示的是甚么意思，第三是要作 rhapsody 的批评。因了第一种的误解，故对于画要批评其画得像不像实物，而误认像不像为好不好。因了第二种的误解，于是把绘画看作广告画、宣传品、插画一类的非纯正艺术。至于第三种的 rhapsodic 的批评，则态度更为荒唐的、不诚实的、虚伪的。即第一种把绘画实用化，第二种把绘画奴隶化，均为真的绘画鉴赏的障碍物；第三种则动机不良，态度

---

① □□，表示"某某""如何如何"之义，本句即为"我觉得这画如何如何"，下句则指"其中的某某画得不像"，下同。——编者注。
② rhapsodic，狂热的、热情洋溢的。——编者注。

格尔尼卡　毕加索（西班牙、立体派）

不正，其去真的绘画鉴赏更远了。

《西洋画的看法》

要讲艺术鉴赏，先须明白艺术的性状。人人都会说甚么"艺术学校""艺术科""艺术家"，可是所谓"艺术"的真相，决不是俗眼所能梦见的。因为俗人的眼沉淀在这尘世的里巷市井之间，而艺术则高超于尘世之表。故必须能提神于太虚而俯瞰万物的人，方能看见"艺术"的真面目。

《西洋画的看法》

要之，艺术不是技巧的事业，而是心灵的事业；不是世间事业的一部分，而是超然于世界之表的一种最高等人类的活动。故艺术不是职业，画家不是职业。故画不是商品，不是实用品。故练画不是练手腕的，是练心灵的。看画不是用眼看的，是用心灵看的。

《西洋画的看法》

"虚"与"实"

中国画底异于西洋画，正同梦底异于真，旧剧底异于新剧一样。试看中国画中所写的人生自然，全是现世所不能见到的状态。反之，西洋画所描的事物，望去总同实景一样。拿梦境与现世、旧剧与新剧来比方中国画与西洋画，真是很有趣的譬喻。

中国画与西洋画为甚么差异呢？因为中国画是赤裸裸地写神气的，西洋画是忠实地描实形的。详细地说，中国画是为了注重神气的写出而牺牲实形的肖似的；西洋画是为了实形的实描写而不免抹杀一点神气的。……凡西洋画中所描出的事物，总是类似实物的。（未来派以后的例外。）你们如果有不曾看见真的上品的西洋画的，只要看市上的壁上广告画、照框店里的画片，也可知道，因为这等虽然下品，但也是西洋画风的，这等里面的猫竟同真猫一样，葡萄竟同真葡萄一样。就是上品的画，像写实派大家米勒（Millet）的作品等，价值与前者不可同日而语，但肖似实物的一点是共通的。所以西洋画所描的就是现世的事物，又西洋画是有一点照相式的。（这句话是为了要畅说而用的，请读到这文的西洋画专家万勿生气。）因此西洋画史上有许多关于肖似实物的趣话，说到某画家画的葡萄，鸟飞来啄了。又某画家画的帐，他底友人用手去撩了。

《中国画与西洋画》

"规谨"与"逼真"

试看中世纪的宗教画，近世写实派（Realism）的画，用笔何等规谨，形状色彩何等逼真，如看复制的照相版，竟全同实景一样。使人不辨其为绘画或照相。这点大概是看过西洋画的人所同感的。这样想来，照相只要形状、位置、明暗等配择得适宜，竟可收到与写实派绘画同等的效果，挂在壁上同样地可以使人悦目，我看到写实派始祖米勒（Millet）的《晚钟》（Angelus）、《拾穗》（The Gleaners）等画的缩小的照相版，常常想到我们选择好的风景，像制电影片地雇用模特儿来扮演时，一定也可制出与这等名画同样美观的照相。米勒的画中，《初步》（First Step）等尚有美快的木炭的笔纹可寻，为照相所不能致；至《拾穗》《晚钟》等，在缩小的印刷版上竟全无画的痕迹可寻，看画的时候使人似乎觉得这种实景是在寻常田野中所常见的。

《美术的照相》

构成第四号　康定斯基（俄罗斯，抽象派）

　　回顾西洋画，历来西洋画的表现手法，例如重形似的写实，重明暗的描写，重透视的法则，已是眼的艺术的倾向。至于近代的印象派，这倾向尤趋于极端，全无对于题材选择的意见。布片、油罐头、旧报纸，都有入画的资格。例如前期印象派，极端注重光与色的描出。他们只是关心于画面的色彩与光线，而全然不问所描的为何物。只要光与色的配合美好，布片、苹果，便是大作品的题材。这班画家，仿佛只有眼而没有脑。他们用一点一点，或一条一条的色彩来组成物体的形，不在调色板上调匀颜料，而把数种色条或色点并列在画面上，以加强光与色的效果。所以前期印象派作品，大都近看混乱似老画家的调色板或漆匠司务的作裙，而不辨其所描为何物。远远地朦胧地望去，才看出是树是花，或是器是皿。

印象派的始祖莫奈（Monet）所发表的第一次标树印象派旗帜的画，画题是《日出的印象》（Impression：soleil levant），画的是红的、黄的、各色的条子，远望去是朝阳初升时的东天的鲜明华丽的模样。印象派的名称，就是评家袭用这画题上的"印象"二字而为他们代定的。

像这类的画，趣味集中于"画面上"的形象，色彩、布置、气象等"直感的"美，而不关心所描的内容；且静物画特别多，画家就近取身旁的油罐头、布片、器具、苹果一类的日常用品为题材，全无选择的意见，也无包藏象征的或暗示的意义。故比较中国的花卉、翎毛、昆虫等画，更接近于纯粹绘画的境域。

《中国画的特色》

裸体的责难

裸体的美何在呢？这非根本地考究不可。在礼仪三千的中国，女子裸体是耻辱的，是非常的。固无怪乎一般人的惊奇与非难。所以往年孙传芳禁止上海美术专门学校的模特儿，以为伤风败俗与春画一样。他们的理由是:"花鸟都很美观,何必一定要画人?即使要画人,男人也可画。何必一定要画女人?即使要画女人,着衣也好画,何必一定要裸体?"这渐层的论调,在根本不了解裸体美的老百姓,自然非常中听。然倘说破了所以要画裸体美的根本的理由,其实是极当然而极平常的一回事,完全可以不必非难或惊奇的。

《西洋画的看法》

我们的眼睛对于美的理解力,因了修养锻炼的工夫的深浅而有高下。故所谓"美",不是像"多""大"地大家可以一望而知的。在没有修练工夫的人想来,花何等美,孔雀何等美,蝴蝶何等美,远胜于单色的人体。其实那种是浅薄的美,不过五花八样地眩耀人目罢了。人的肉体,色虽似简单,然而变化无穷,深长耐味。讲到人体的线的美,更为万物所不及,这是为了 S curve(S弧)的变化而丰富的原故。所谓 S 弧,就是一头向右一头向左的曲线。曲线本来是优美的,加之两头异向,益增美丽。廿六字母的形状,以 S 为最优秀。然字母中的 S,是最规则最死板的 S 弧,即无变化的 S。倘把它变化起来,在两头的长短上、弯度上、比例上变化起来,可变出数千百万种形式。……美丽的蝴蝶、白兔、山羊、春花、秋草、弱柳、长松、孤峰、秀岭,其线皆为人体所备有。优秀的工艺美术,例如杯、壶、桌、椅等,其线都是由图案家从人体上偷去的。

《西洋画的看法》

绘画是以时代精神与文化为背景的，是一时代的人的人生观、自然观、世界观的表现，是画家的思想、人格的表现。

古典派、浪漫派的横空出世

现代精神与现代画派

往往有人指着一幅西洋画，质问这是什么派的画。然而我对于这等疑问，都不能圆满地解答。因为画派一事，不是很浅近的、表面的问题，而是伏在画的内面的一种较深的意义。绘画是以时代精神与文化为背景的，是一时代的人的人生观、自然观、世界观的表现，是画家的思想、人格的表现。故各画派的分别，不仅是表面的差异，不能用一两句话来说明，不是向来不留意于画的人所能一望而知的。所以要获得鉴别画派的能力，必先具有一点绘画鉴赏的素养。这素养越多，对于绘画的理解越深。研究绘画的流派，是兴味深长的一事。在画面的题材的选择，用色、用笔的技巧上，可历历看出画家的精神、人格，及其时代的思想、文化。岂不是最有兴味的事么？

要说画派，可以先举一个比方。我们往往在轻巧的东洋货中，可以看出单薄轻佻的日本人的气质。在沉重之西洋货中，也可看出深固坚实的德国人的气质。又在人的服装、态度、举止中，也可看出北方人的厚，与南方人的秀。可知凡表现必有背景。艺术为人的心的表现，当然更加与背景有深切的关系。世界是自然与人的对峙。艺术的历史可说就是吾人的世界观的历史。世界观不同，表现也不同，于是在绘画上就有所谓"画派"。所以要说画派，必须从时代文化说起。

《现代西洋画诸流派》

赋绘画以"独立的生命"

法兰西大革命以前的绘画，即中世的绘画，文艺复兴前后的绘画，大部分是实用的装饰的东西，或为宗教宣传的工具，或为宫殿的装饰，故多壁画、装饰画，以纤巧华丽为主，全无人生的热情的表现。差不多可说尚未成为独立的绘画艺术，尚未具有绘画自己的生命。现代绘画的最根本的特点，是赋绘画以"独立的生命"。即绘画脱离宗教政治的奴隶的生涯，而还复其独立自主之权。这就是专为"绘画美"而描绘画，不复作宗教政治等他物的手段。这绘画上的大革命的起义者，不可不推古典派的首领，即拿破仑的美术总监大卫（Jacques-Louis David）。最初响应于这大革命而献技者，不可不推其承继者，即浪漫派的首领德拉克洛瓦（Delacroix）。在他们二人所筑成的基础上面，写实派、印象派等现代画派的殿堂稳固地建立起来，表现派、未来派、构成派等新兴画派的层楼巍然地加筑上去。故大卫与德拉克洛瓦所倡的古典派与浪漫派，虽然尚未脱却中古的传统，去新时代的绘画尚远，然在其"赋绘画以独立的生命"的一点上不可不推为现代一切画派的先驱。

《现代画派及其先驱》

古典主义（Classicism）与浪漫主义（Romanticism），可总称之为理想主义（Idealism）。这是对待其次的现实主义（Realism）而称呼的。又其主张，对于现实不照样描写，而必加以主观的理想。故总称之为理想主义，亦无不可。又古典主义与浪漫主义，虽然并称，其实十八世纪的古典主义，在质量上、价值上，均远不及十九世纪的浪漫主义。

《现代画派及其先驱》

时代与艺术

近世纪世界的大变迁的主因，不外乎三端，即十五六世纪的文艺复兴，十八世纪末的法兰西大革命，与十九世纪的科学昌明。这是谁都晓得的大事，无须我来报告。但在这里也有概括地说一说的必要。

第一：文艺复兴（Renaissance），是近代文化的第一步。在文艺复兴之前的中世纪，人们都沉酣在薄暗的、混沌的生活中。什么都停滞，无生气。到了文艺复兴，忽然觉醒。经济的、社会的、精神的，一齐发达。尤以精神文化方面的自觉为最显著的进步。自此开始，人类向了近世文化的光明之路而一步一步地觉醒起来。希腊罗马的古典的复活，宗教感情与古典趣味相交混的似梦的美，陶醉的、理想的，自由、平等等要素，在文艺复兴的时期均强调起来。这精神的跃进，为近代文化的第一步。

第二：但人类的真的解放，不能单从上层建筑的"精神"方面着手，故近代文化的第二步就变出十八世纪末的法兰西大革命来。法兰西革命是政治的解放的初步。生活的机关的政治的组织解放之后，就促进生活的解放，即经济的方面的解放。经济的革命的第一段，为以前的资本主义社会的发达；其第二段，为现今的社会主义社会的实现。要之，这个人解放与社会解放，为文艺复兴以后的、近代人类精神上的两大潮流。

第三：最近的是十九世纪的科学昌明。科学的发达，及于人类精神上、物质上的影响，非常深大。在物质方面，机械与交通发达造成物质文明，揭开了激烈的生存竞争的幕。故十九世纪名曰"经济的时代"。在精神上，科学的研究，养成了近代人的分析的、观察的、实验的、理智的头脑，使对于什么都要用科学研究的态度来研究、观察、分析、批评。把一切的因袭都看破、打倒。故十九世纪又名曰"批评的时代"。"科学万能！"什么事都拿科学来解决。然而拿科学来批评解决人生一切事物，究竟是不可能的。于是终于有"科学破产！"的叹声。因为科学的分析、观察的态度，把以前的因袭、迷信、美丽的梦，一切打破，而人生世界的现实完全暴露，结果在人心中引起了一种危惧、悲哀、不安定的状态。即应用科学的态度于人生一切事物上，结果造成了"定命论""决定论"，否定自由意志，一切唯物。这就惹起现代人的厌世观，与破坏的思想，于是一切都不安定，一切都动摇起来，混乱起来。故现代又称为"思想混乱的时代"，或"动的时代"。这正是我们目前的状态。

《现代西洋画诸流派》

近世纪世界大变迁的三大原因，大约如上述。现在试考察以这等时代精神为背景而表现的艺术，情形如何。

第一：文艺复兴之后，个人、社会均解放了，自觉了。故在艺术上，专重精神的激烈的活动，竟尚理想的、陶醉的、享乐的主义，于是产生 Baroque（巴洛克）与 Rococo（洛可可）的艺术。然而这是幼稚的艺术时代，全不具备现代艺术的条件。只因其为后来的现代艺术的萌芽，故一并叙述于此，以为线索的端绪。何谓现代艺术的条件？请读下项：

第二：法兰西革命以后，方有真的现代艺术的急先锋出现。现代最浓烈的色彩，是个人的自觉、社会的要求、现实的精神的觉醒。对于文艺复兴的"情绪的""文艺的"特色，现代为"理智的""科学的"；对于文艺复兴的"宗教的""陶醉的"的特色，现代为"实际的""功利的"。要之，现代是"现实""个人""社会"三者的觉醒。法兰西大革命，便是这三要素的强调的第一段。中世纪的酣眠，至文艺复兴而觉醒，情知渐渐开明；然其后数百年间，还受王权教权的束缚，到了法兰西大革命，始得自由活动，于是个人的自由解放，自我的主张，主观的强调，社会组织的改变，民众政治的实现，经济机关的劳动者独裁等重大问题，相继而起。当这社会现象的一大转机的关头，艺术上立刻显出现实化、个人化、社会化等现象来，一直衔接于其次的科学昌明的时代。然在革命初期，还是过渡的时代，那时候所起的承上启下的画派，便是所谓"古典派""浪漫派"，总称为"理想主义"。这两派，严格地论来，也不能划入现代绘画的范围内，只能说是"现代绘画的先驱"。

第三：入科学昌明的现代以后，前述的现代的色彩愈加浓重起来。所谓艺术的现实化、个人化、社会化，便是"自然主义"。"理想主义"是主观的，只有自己心中的火，心以外的自然都是冷冰冰的客观，只有热情、空想，而不顾实际的世界。到了自然主义，始有艺术的客观化、现实化。在绘画上就有"写实派""印象派"。这就是息止心中的热情的火，而冷静地张开眼来观察现实的客观的自然。这是科学的态度。然而如前所述，科学是已经破产了的，科学是引起"动"与"乱"的。到了科学破产、思想混乱的时代，绘画也在画面上"动"起来了。最初用线条来搅乱画面的，是"后期印象派"，这是从自然主义的纯客观复归于主观。然这与以前的理想主义的意趣大不相同，有未熟与过熟的分别。从此再进一步，就把形体解散为形的单位，拿这等单位来再造新形，就是"立体派"。拿时间来同空间相乘，相错综，把感觉的经过表现出来，就是"未来派"。终至于不用形，而用"图式""符号"，就是极端的"抽象派""达达派"。

概观时代精神的变迁，可知科学昌明是现代最大的转机。以现代精神为背景而表现的绘画，也以"自然主义"为本干。先驱于自然主义前面的"理想主义"，为其根柢；发展于自然主义后面的"表现主义"，为其枝叶花果。

《现代画派及其先驱》

现代画派的诞生

在自然主义的系统之下，约有三画派，即：

（1）写实派（Realists）。这是米勒（Millet）、库尔贝（Courbet）所倡立的。其主旨在于客观的忠实的描表。即在画家的头脑中，一扫从前的古典主义的壮丽的型范与浪漫主义的甘美的殉情，而用冷静的态度来观察眼前的现实。技巧上务求形状、色彩的逼真。题材上不似从前的专于选择贵的、美的东西，而近取之日常的人生自然。帝王、英雄、美人、名士，与劳农、劳工、乞丐、病夫，等无差别，同样是客观的题材。这点在米勒与库尔贝的画中，明显地表出着。它们差不多完全是劳动生活、农民生活的写实。

（2）印象派（Impressionists）。写实派是注重"形"的，对于色与光全然不曾顾到。印象派的莫奈（Monet）、马奈（Manet）惊

大碗岛的星期天　修拉（法国，新印象派）

悟了这一点，移向其注意于"色"与"光"的写实上去，就倡造印象派。印象派的主旨，以为自然全是色与光的凑合，绘画是眼的艺术，应该以描出刺戟眼睛的色与光的印象为正格。于是他们用科学的方法，把色分析。例如要画紫色，不像从前的取红蓝两色在调色板上调匀而涂抹，而直接用红的条与蓝的条并列在画布上，观者自远处望去，这两色就在网膜上合成鲜明的紫色。又他们由冷静的科学的观察，发见自然物的色并非固定，皆随光而变化。例如立在青草地上、日光之下的人，其脸的阴面有绿色、紫色、青色，故脸色绝不像从前的规定为赭色。又如在强烈的日光下面，物的影子都成鲜美的紫色、蓝色，绝不像从前的规定为褐色。对于画材，就全不成为问题，全不加以取舍选择的意见。凡"光"与"色"美好的，都是美好的画材，花瓶也好，杯子也好，水果也好，旧报纸也好，充其极致，不必追求画的是什么东西，画面上只是模糊的印象，只见光与色的合奏。这种忠实的客观的描写，完全是科学的研究态度。这真是科学时代的画风。

（3）新印象派（Neo-Impressionists）。这是前面的印象派的更彻底的画派。首领为修拉（Seurat）与西涅克（Signac）。以前的印象派，用一条一条的色彩来组成物体。新印象派则要求光与色的表现的彻底，改用圆点，画面上犹似五色的散砂。故新印象派又有"点彩派"（Pointillists）之称。

以上三派，（1）重形的写实，（2）与（3）重光与色的写实。故画面的表现形式虽大不相同，然其中心的态度，即对于自然的观察法，是同一的"写实"。这写实终于使人疲厌了。因为这态度，是主观的否定，是主观做客观的奴隶。人似乎只有眼而没有头脑，只有感觉而没有热情了。于是回复主观的表现主义的画派，就应了自然要求而起。

《现代画派及其先驱》

五光十色的流派

后期印象派（Post-Impressionists）。这派的主旨是以人格征服

星空 凡·高(荷兰，后期印象派)

自然。然并非像从前的蔑视自然，而是把自然融化于主观中。不像前派的为客观的再现，是把客观翻译为主观而表现。故其最重要的特征，是画面的动摇。即用"线条"来表出对于客观的主观的心状。故其画面，不事形状色彩的忠实的写实，而加以主观化。主观化的最浅近的例，如"特点扩张"便是。例如大的眼睛，画得过于大一点；瘦的颜面，画得过于瘦一点。不必顾到实际的尺寸。然这原不过是最浅显的说明，其实并非这样简单。总之以前各派，画面共通是"固定的""死的"；到了后期印象派，而开始

"动"起来，"活"起来。故这是划时代而开新纪元的画派。这"动"为后来一切新兴艺术的初步。这派的画家，在当代最为有名，差不多全世界的人都晓得，即塞尚（Cézanne）、凡·高（van Gogh）、高更（Gauguin）三大家。

野兽派（Fauvists）。此派与后期印象派的关系和新印象派与印象派的关系同样，是同一主张而更进步更彻底。其大作家为马蒂斯（Matisse）。他的画风，比前更忽视形似，而注重内心的运动。他反抗物质主义，崇奉唯心主义。这明明是科学破产后的艺术时代的产物。

立体派（Cubists）。以前诸派的首领都是法国人，立体派的首领则是西班牙人毕加索（Picasso）。他的主张："自然都是形体与形体的相映合，犹如颜色的调和。"又说："甲形体接近于乙形体时，两者必互相受影响而变化。"故他的画面上，极不重形似，竟有全无自然物的形似，而只有四角形方形等形体的凑合。这就是用调色的方法来调形。把形解散，重新组织起来。印象派是"色的音乐"，立体派是"形的音乐"。

未来派（Futurists）。未来派是一九一〇年倡生的，其主将为意大利诗人马里内蒂（Marinetti）。他的画，马有二十余个足，弹琴的人有四五只手。其主张以为凡物动的时候，其形常常变动，故绘画必表出动力自身的感觉。即在绘画中描出时间的感觉。又他的画中，常常在墙内描出墙外的事物，在衣服外面描出乳房，仿佛事物都是透明的玻璃。因为他的主张，以为空间不是独立存在的，必关系于其周围，故要描一物，必描其周围的他物，又表出其前后的动作与变化。这是主观主义的极度的展进。原来意大利是古代艺术过于兴盛的国，遗产过于丰富的国。故现代的意大利青年，极端地反对“古代赞美”，以古代赞美为侮辱现代，就创造出像未来派的全新的艺术来。然而这画派究竟基础未立，只能视为现代新兴艺术的一现象，尚不足以代表现代。

抽象派（Absolutists）。又称构图派（Compositionists）。是俄国人康定斯基（Kandinsky）所倡立的。他的画只有构图，也不讲究事物描写。他的主张，以为绘画应是对于自然的精神的反应的、造型的表现。自然的外观，须得还原为全抽象的线与色。这意思大致与立体派相近，但程度不同。

表现派（Expressionists）。德国最流行的一种新兴画派，其主导者为佩克斯坦（Pechstein）。其画注重内容，以意力表现为第一要义。其画面与后期印象派及野兽派有相似点，而动的程度比他们更高。有时为意力的表出，不顾物象的形式，这一点又近似乎立体派与未来派。德国现在各种装饰图案，例如商店的样子窗的装饰、舞台上的装饰等，受表现派画风的影响甚著。

达达派（Dadaists）。这是最新奇的画派。这画派创于一九二〇年二月五日，在巴黎开大会，发表宣言。其主导者是特里斯唐·查拉（Tristan Tzara），有大家皮卡比亚（Francis Picabia）。他们的画，全是图式的。例如一条直线、一个圈、一条曲线，注许多文字，即成一画，其画题曰“某君肖像”。他们的主张，是全不顾传统，但把所要表示的心传遍于同派人的对手，故用记号的、图式的表现。所以这等作品只有其同派人能理解。

这仿佛一种宗教，或一种国语，实在已经不像艺术了。达达派运动与未来派同样，不限于绘画，又及于文学。故有"达达诗"，为任何国语所不能翻译。这不过是最近艺坛的一种现象，其能否成立为艺术，尚未可卜。

《现代西洋画诸流派》

大卫，"入希腊而超越希腊"的画家

雅克－路易·大卫（1748—1825）是与拿破仑同时代的人，且是拿破仑崇拜者。生于巴黎。法兰西革命的时候，曾经失足下狱。然他在当时画界上的势力，可与拿破仑在政界上的势力相匹敌。故后来拿破仑得势，他就被提拔，做了宫廷画家的首领，用绘画赞颂皇帝的庄严与威力，而终其一生。

他常自称为"入希腊而超越希腊"的画家。在这点上他可称为古典主义者。然而其实他并不真能理解希腊，只是模仿而已。他的画面极广大，题材极复杂，杂然排列，没有精神的统一，只是技巧的叙事剧的一面而已。有的非常华丽，有的非常周详，大都像"全景"的照相，借以博拿破仑的欢心。故大卫的艺术，实在少有古典的艺术的庄重与写实，只是一种说明画，一种Panorama（回转画，全景），徒以满足拿破仑的浅薄的虚荣心而已。不过因为他亲自遭遇英雄的时代，故其对于古代历史的题材，能用与现代的题材同样的心情来描写。在这点上，其画风略有现

拿破仑一世及皇后加冕典礼 大卫（法国，古典派）

代的意义，虽然微薄，终为现代画界的曙光。

当拿破仑的时代，民心正憧憬于古典。渴慕古代罗马的共和政治，因此大卫的古典主义，把拿破仑的革命神圣化；拿破仑的革命则给权力威势于大卫的古典主义。一八〇〇年，拿破仑为首席执政官，任大卫为美术总监。二人的关系渐渐深切起来。赞美共和主义的大卫，后来终于做了独裁政治家的忠仆。他肯定了"皇帝拿破仑"，做了王家的宫廷首席画家，而要求美术界的独裁的权力。政治的意见与社会的地位的变迁，诱致了他的画风的变迁。属于这时期的他的名作之一，便是《拿破仑一世及皇后加冕典礼》。这大制作，无意识地告示着美术史上的新时代的来到。即中古以来的感情的古典崇拜的时代已经过去。与其空仰古昔的英雄，不如赞美现在的威武的英雄。大卫作这《拿破仑一世及皇后加冕典礼》，就是肯定拿破仑皇帝的加冕式。他作这画，费极大的苦心。多数的人物，一一地另描习作，先试作裸体素描，再试作着衣素描，最后配入画中。其中几个重要人物，竟特意被召请到他的画室里来，描出肖像，配入画中。画中的仪式的条件，皆遵照拿破仑自己的指示与意见。

《加冕式》画成，立即送到罗浮宫（Louvre），放在大广间中，以待一八〇八年的 Salon[①]展览会。画中所描的：祭坛下有庇护（Pius）七世坐着，僧众围绕其旁。后方排列着廷臣。穿绯色的皇帝礼服的拿破仑，头戴月桂冠，正从教皇手中受取王冠，将加之于跪在祭坛上的皇后的头上。皇帝对于这画十分满意，赐荣名于大卫。

然而这画与其作者，后来的运命都很不好。一八一四年拿破仑退位之后，信任拿破仑的幸运的大卫也担忧起来。路易十八世即位，又加胁迫于他的生活。于是《加冕式》及其他拿破仑肖像等画，均须隐藏了。然新王的处置颇宽大，大卫虽失了时运，仍得伏在画室中作肖像画。

---

① salon，即沙龙，原指法国上层人物住宅中的豪华会客厅。17 世纪起，巴黎名人常将客厅作为社交场所，吸引文化界名流参加聚会，称之为沙龙。——编者注。

一八一五年，拿破仑又归法兰西国土，大卫又得片时的荣幸。其六月，即遭逢滑铁卢之败。明年，大卫被放逐于国外。《加冕式》被切断为三部（有的画以铅粉涂掩），输送到放逐的比利时的布鲁塞尔地方。时大卫年已六十七岁。于一八二五年客死其地，尸体不得返国。其友人及弟子等力为设法请愿，终不得许可。故大卫的灵魂，到现在还彷徨在异乡的墓地上。

《现代西洋画诸流派》

艺术经过长期的发展，至于今日，弄得如此繁复。我们且不算旧账，但清理目前，可以结算出一个总计来。这总计是什么？这就是现代艺术，不外二大流派：

"主观派"和"客观派"。

创作艺术的是"人"，构成艺术的是"自然"，人是主观，自然是客观。譬如描一幅山水，画家就是主观，山水就是客观。又如雕一头狮子，雕塑家是主观，狮子是客观。

艺术家自己的主观不打主意，而忠实地服从客观而表现的，叫作"客观派"。艺术家自己的主观有成见，故意把客观加以变化而表现的，叫作"主观派"。譬如画山水，对着实景写生，各部大小、长短、浓淡、色彩一切依照实景而描写，写出的作品类似照相，类似真物的，便是"客观派"的绘画。又如雕塑狮子，拿真狮子作模范，各部大小、长短、肥瘦，简直一切依照实物而雕塑，所成的作品同真的狮子相似的，便是"客观派"的雕塑。反之，画山水不照实景，但凭印象自由构造，各部大小、长短、浓淡、色彩都不照实景，分明表出是用笔画出的，便是"主观派"的绘画。又如雕塑狮子，不照真狮子的样子，各部大小、长短、肥瘦简直不依照实物，因了用途（例如放在柱头，或放在门旁，或放在画轴底下）而又变化其形状，因此雕出的狮子不像真狮子，但具有狮子的特点的，叫作"主观派"的雕塑。

总之，凡忠于客观的，是"客观派"艺术；忠于主观的，是"主观派"艺术。

《现代艺术的二大流派》

德拉克洛瓦，善于表现人间热情的画家

德拉克洛瓦（Paul Delacroix，1798—1863）也是法国人。他的绘画，所异于大卫的古典派者：在形式上，是色调的别开生面，即画面脱却以前的拘束与硬涩，而充满着活跃奔放的思想与色调。从这点可知其现代的意义更深。在内容上，浪漫派的主要的特色，是取表现热情的题材。以前的大卫所取的画材，大都是有权威的、有势力的、贵的事物，尚不脱中古宫廷艺术的习气。到了德拉克洛瓦，则取卑近的人间感情为主题，注重热情的表现。这样以后，绘画与宫廷艺术就全没交涉。在这点上可知浪漫派绘画的"现代的"意义，比古典派浓重得多。浪漫派是直接唤起现代画派的先导者。

浪漫派所谓的"注重热情表现"的特色，可在德拉克洛瓦

自由领导人民 德拉克洛瓦（法国，浪漫派）

的大作《一八三〇年》（一作《自由领导人民》）中看出。这画
是描写一八三〇年的七月革命的事实的。图中自由神为一半裸
体的肉感的少女，左手执枪，右手持三色旗，在导领国民。后
面跟着的是一个两手持手枪的青年，和一个戴普通绢帽，持
小枪的男子。这等题材，全是卑近的人间热情的表现。时代
政治的变迁，在前述的《拿破仑一世及皇后加冕典礼》与这
《一八三〇年》中显然可以看出。画派以时代文化为背景的一句
话，在这里即可实证了。

《现代西洋画诸流派》

法兰西革命以后，方有真的现代艺术的急先锋出现。现代最浓烈的色彩，是个人的自觉、社会的要求、现实的精神的觉醒。

三杯不記主人谁

子愷

近代现实主义、理想主义绘画

以法兰西为中心的近代绘画

法兰西革命以后，方有真的现代艺术的急先锋出现。现代最浓烈的色彩，是个人的自觉、社会的要求、现实的精神的觉醒。对于文艺复兴的"情绪的""文艺的"特色，现代为"理智的""科学的"；对于文艺复兴的"宗教的""陶醉的"的特色，现代为"实际的""功利的"。要之，现代是"现实""个人""社会"三者的觉醒。法兰西大革命，便是这三要素的表现的第一步。中世纪的酣睡，至文艺复兴期而觉醒，但是当时还受王权教权的束缚，故虽觉醒而不能活动。到了法兰西大革命以后，政治解放，人类始得自由活动。于是个人的自由解放、自我的扩张、主观的强调、社会组织的改变、民众政治的实现、劳动者的抬头等重大问题，相继而起。当这社会现象的一大转局的关头，艺术上立刻显出现实化、个人化、社会化等现象来。譬如从前以王侯贵族的肖像画为高贵的画题，现在则平民的生活也可描写。从前专描宫殿邸宅的建筑，现在田舍也可以入画了。

《艺术修养基础·西洋画简史》

　　近代绘画以法兰西为中心，重要的画派皆兴行于巴黎，重要的画家都是法国人。独有这理想主义的回光，由英国人与德国人反映出来，在近代绘画史上仿佛一朵偶现的昙花，真是不可思议的奇迹。

《近世理想主义的绘画》

米勒与库尔贝的故事

　　米勒（Millet，1814—1875）生于农家，小的时候与姊妹等一同耕种。后来他父亲发觉了他的天才，就送他入城中的画院。学习了数年，出巴黎，始在罗浮宫（Louvre）中亲见大家的绘画，就用功模写。当时因为生活的贫乏，曾作过洛可可式（Rococo）的小画，卖钱过活。然而从小支配他的心与生活的，决不是这等贵族生活与都市，而是农民、农村，是"土"。他的一生，始终是对于"土"的爱着。然而他的真心的表现，不为当时的人们所理解，埋没在贫贱中。盛年又失却爱妻，一时心神颓丧。三十四岁再婚，勇气恢复，就完全舍弃洛可可式的画，而努力表现其自

拾穗 米勒（法国，现实主义）

己的理想。许多农村描写的名画，就从此陆续产出，如《拾穗》《喂食》《牧羊女》《晚钟》《持锄的男子》等大作。

米勒的作品的特色，以宗教的敬虔的感情为基调。其宗教的情绪的对象，在于田园生活、农业的神圣，与农民的信仰心。故在真的意义上，他不是风景画家，也不是自然画家。他是把自己融入于风景中、自然中，而又为之赞美、表现的抒情画家。这样说来，他不是纯粹的现实主义的画家，是在现实中发现理想的画家，即理想画家，浪漫主义者。但在另一方面，当他现实主义者看时，他又是七星中最彻底的现实主义者。他把自己的内生活的现实都如实地表现出来。

米勒能视其自己的生活为现实的；然其对于时代，对于社会，仍不是现实主义者。他对于自己的现实能看出，能表现；但对于时代与社会的现实，远没有观察与表现的能力。所以他的表现，是退省的、赞叹的、消极的，尚未开积极的道路。能用积极的态度观察时代社会的姿态，而作绘画的表现的，是唯物主义者（Materialist）库尔贝。

彻底的唯物的现实主义者，是所谓写实派画家的库尔贝。这人具有对于现实的唯物的精神与社会的意识。枫丹白露七星所有的 Sentimentalism（感伤主义）、Emotionalism（情感主义）、憧憬、趣味、神、理想等，到了库尔贝已经杳然无遗。在库尔贝只有"现实"。他是不满足于"艺术"，而逃入"现实"的人。

库尔贝（Gustave Courbet，1819—1877）生于法国的田舍。幼时接近农民生活，又深蒙其感化。十九岁出巴黎，徘徊于罗浮宫的画廊中。又从大卫学画。然其自负心非常强，又富于反抗的意识，故终于打出了自己的路。他的路就是"现实"。

关于艺术，他有这样的话："理想都是虚伪的！像历史画，完全与时代的社会状态相矛盾，真是愚人狂人的事业！宗教画也是与时代思潮相背驰的。总之，凡空想皆伪，事实皆真。真的艺术家必须向自然而感谢、赞美。写实主义，正是理想的否定。我们必须依照所见的状态而描写。只有可由视觉与触觉感知的，可为我们的描写题材。"

这段话可说是库尔贝的自画像，试看他那名作《碎石工》，正如他自己所说，"依照所见而描写"；《拾穗》或《晚钟》中所有的诗美、憧憬与宗教感，在《碎石工》中已影迹全无。《碎石工》完全是现实的石工。

库尔贝的同风画家有四人，即：

1. 杜米埃（Honoré Daumier，1808—1879），法。

2. 塞冈第尼（Giovanni Segantini，1858—1899），意。

3. 惠司勒（James McNeil Whistler，1834—1903），美。

4. 门采尔（Adolf Menzel，1815—1905），德。

杜米埃为库尔贝的先驱。长于漫画（Graphic Caricature）。余三人为写实派的旁系。

代表意大利现实主义的塞冈第尼，有欢喜高原的癖性，其画也多描写高原。有名作《骄奢之报》。

美国人惠司勒为乐天主义的现代画家，描写目前的人生的美，颇有美国人式的内容。一八八四年在巴黎 Salon 得金奖的名作《母亲的肖像》，以构图的巧妙著名于世界。

德意志人门采尔的现实的倾向更为深刻。其代表作《轧铁工场》，描写光焰、烟雾、日光及工场内的骚扰，完全是现代的一幅象征图。

现实主义的倾向，到写实派已经达于极端。

《现实主义的绘画——写实派》

"巴比松派"的出现

有一年，康斯太布尔及透纳的画被拿到了法国，在法国的 Salon 展览会里展览了。住在大陆里的法国人从来不曾看见过这种光明的画，欢迎得很。于是有一班青年大大地受了他们的刺激，反抗本国向来的画。他们结了一个团体，逃入巴黎郊外的枫丹白露（Fontainbleau）森林附近的叫作巴比松（Barbizon）的小村里，静静地躲在那里，专门描写自然风景。

这班青年画家就是所谓"巴比松派"。

巴比松派的青年画家有七个人，即所谓"巴比松七星"。

一、卢梭（Théodore Rousseau，1812—1867）——主唱者。

二、柯罗（Jean-Baptiste Camille Corot，1796—1875）。

三、提亚池（Diaz de la Pena，1807—1876）。

四、迪普雷（Jules Dupré，1811—1889）。

五、图瓦荣（Constantin Troyon，1810—1865）。

六、杜比尼（Charles Francois Daubigny，1817—1878）。

七、米勒（Jean-Francois Millet，1814—1875）——最大家。

这七星会的主唱者是卢梭，然而最大家是米勒。即七人中其余六人都是米勒的陪客。他们的共通的主张是：从前研究美术只晓得请教罗马、希腊，又只晓得在王宫里描写贵族的生活、帝王的行动；独不知平凡的田野中尽有丰富的真实与美。所以风景画大为发达。

像柯罗，便是描写大树的专家。这种画风在向来以人物描写、

蒙特芳丹的回忆　柯罗（法国，巴比松派）

贵族生活描写为主的大陆绘画中，开了一新生面。他们描写自然，
亲近自然，赞美自然，征服自然。

《现实主义的绘画——写实派》

英国的拉斐尔前派

十九世纪西洋画界有二大运动，一是起于英吉利的拉斐尔前

派，一是起于法兰西的印象派。前者虽不比后者的为世界的，其影响的范围较狭，然而也是近代美术史上一显著的革新运动或解放运动，不可以不注目。

拉斐尔前派的创建者是米莱（John Everett Millais，1829—1896），所以名为 "拉斐尔前派" 者，意思是欲在文艺复兴期的大画家拉斐尔（Raphael）以前的绘画中找出艺术的道路，汲取创作的感兴的意思。首领人物除米莱以外，还有亨特（William Holman Hunt，1827—1910）与罗赛蒂（Dante Gabriel Rossetti，1828—1882）。罗赛蒂为诗人画家，尤为有名，与东洋的王摩诘为千古遥遥相对的双璧。这派的画家，一致反对当时的画风，他们以为文艺复兴以来奉为艺术界的偶像的拉斐尔的绘画，尚未完全，且有错误，后人皆盲目地崇拜他。他们主张作画须以 "自然" 为师，从 "自然" 中求灵感，集同人出版一月刊杂志，叫作《萌芽》（The Germ），以宣传他们的主义。然而终于因为力弱，不久同人纷散，杂志也停刊。幸有当时大批评家罗斯金（Ruskin）认识他们的精神，竭力保护，为他们向世界间说明又辩护这画派的原理。故后来仍由罗赛蒂指挥，发展而为 "新拉斐尔前派"。

《近世理想主义的绘画》

这近代理想主义是与现代生活相背驰的一种精神，不是时代与生活上的必然的发现。这是前期浪漫精神的残影，是浪漫主义的回光返照。故表面上虽然炫焕灿烂，其实全不过是技巧的、做作的、虚构的现象而已。试看英国的拉斐尔前派、法国的新浪漫派，皆止于 artificial（矫揉造作）的表现，偏于装饰的方面，神秘的方面。唯德国的新浪漫派，即勃克林（Böcklin）的浪漫的神秘主义，虽同属与现实生活没交涉的虚构，然而其根源深从现实出发，又主观非常强调，表现出一种神秘的世界。对于最近支配欧洲画坛的德意志"表现派"有较大的暗示。

《近世理想主义的绘画》

"牛津会"：从题材的性质上感得人生的意味

新拉斐尔前派，是拉斐尔前派的写实主义与罗赛蒂的浪漫的空想主义所合成。其代表作家有七人，名曰"牛津会"（Oxford Circle）即：

罗赛蒂（Rossetti）

伯恩 – 琼斯（Burne–Jones）

莫里斯（William Morris）

休斯（Arthur Hughes）⟧ 牛津会

斯坦厄普（Spencer Stanhope）

克莱恩（Walter Crane）

瓦茨（Frederic Watts）

但后六人不似罗赛蒂的富于热情与诗趣，而渐趋向于画面的图案，倾向于后来的印象派。就中莫里斯，是世界著名的工艺美术家。

罗赛蒂在新旧两时代均是重要人物，他的画风又有 "罗赛蒂主义" 之称。

欢喜在绘画中找求文学的意义的人，看拉斐尔前派的绘画，正配胃口。尤其是像罗赛蒂的作品中，鲜明地表出着对于恋爱的恍惚的欢喜。在反抗旧道德支配的生活而感情激烈地觉醒的 "夸扬时代"，这类作品最足以牵惹一班新人的心。法兰西的印象派的作品，毫不含有文学的内容，故在不能从绘画本身感得纯粹的画兴的一般人，不能感到其兴趣。又在十九世纪末，印象派的作品的复制品极稀，故一般的刊物的插画，大都取用拉斐尔前派系统的浪漫的或理想主义的作品的复制品。文学者或一般人，要达到能用纯粹的绘画的兴味来看画的程度，必需相当的准备与练习。所以当时的文坛的思潮虽然已进至自然主义或象征主义，然而文坛的诸先辈仍多欢喜用文学的兴味来看造型美术。不过其文学的兴味，渐变成内面的，即从所描写的题材的性质上感得人生的深的意味。故殉情的耽美主义的拉斐尔前派的风行于当时，是当然的结果。

《近世理想主义的绘画》

沙畹，"表现如梦的幽静的境地"

沙畹（Pierre Puvis de Chavannes，1824—1898）有十九世纪法国最大画家之称。其特色为优丽，有极美的线与澄明的色，表出如梦的幽静的境地。他受当时流行画风的影响极少，在当时是一个不同道的异端者，其意识完全超越现代，与现代没交涉。在他，世间一切都是无始无终、永劫不变的。没有运动，也没有力。没有苦，也没有悔。没有深度，也没有强度。因之其题材都取自太古的神话，及中世的基督教中。然其所描的世界，决不是像古代希腊人所描的快活的欢乐境，而都是病的近代人所憧憬的平和境，且其作品决不是无味干燥的外界的写真，也不是出自思想的宗教的内容的，而全是音乐的、诗趣的情调。故看了他的画，使人梦见甘美的儿时乐的世界，使人的灵魂脱离紧张、切迫的现代而身心沉浸入无边的乌托邦（Utopia）中。

然他不像后述的莫罗与勃克林地描写世间不能有的奇怪现象（例如《死之岛》），他是一个梦想家，然其所梦想的不是不可思议的东西，而常是从现实的世界抽出的，在这意义上他是写实主义者、现实主义者。然这所谓现实，原是说他的梦中的现实，不是说真的现实。

他在画界上的功勋，是在当时法国的、完全说明的、夸张的壁画中，吹入新浪漫主义的生气，而筑成了现代壁画的基础。他在法兰西诸郡所描的大壁画，实在不少，到处有他的梦幻似的作品。其最有名的，是巴黎的潘提翁（Pantheon）中的《圣球尼凡夫一代记》，及市厅的《夏与冬》、马赛的龙香宫的《希腊殖民地》等，里昂博物馆中的《艺术与自然》、美国波士顿图书馆中的《缪斯（Muses）像》等。

《近世理想主义的绘画》

莫罗，"深刻与奇怪"的画家

莫罗（Gustave Moreau，1826—1896）比沙畹后二年生，先二年死。他与沙畹同一倾向，然多古典主义者的分子，同时又有一种恶魔主义的深刻与奇怪。沙畹是禁欲主义者，莫罗是奢侈者；在技巧上，沙畹是简朴的，莫罗是细致的。莫罗的特色是世纪末的思想，及强烈的肉感的表现。但他的画缺乏沙畹似的纯洁性，故不能使观者对之发生亲爱；同时有一种刺激人心的力。其题也不限于西洋古代，又取印度的古典的神话。他非常爱惜自己的作品，不肯出卖，这也是画家的奇癖。故他的遗作全部保存在莫罗美术馆中。要之，他是生于现代的"恶之华"的一人。他的艺术，是恐怖的世界的美化、高调。

《近世理想主义的绘画》

妖魔画家勃克林

勃克林（Arnold Böcklin，1827—1901）的画，在上述数人中比较的著名于世。本书所揭的《死之岛》与另一幅《水妖与半人马怪搏斗》，是他的代表作。《水妖与半人马怪搏斗》描一片海波，波涛中有美丽的裸体的少女，在水中游，后方有一可怕的巨大的魔鬼，下半身浸在海水中，上半身兀立，张臂向少女，作来扑的姿势。题名曰《水妖与半人马怪搏斗》，就是把男波女波的相扑相逐的姿态象征化为魔鬼与美女。放过洋，看见过滔天大浪的猛烈的扑逐的光景的人，看了这画一定惊佩勃克林的象征的描写的巧妙！又如《死之岛》，描出四周包着悬崖绝壁，与世隔绝，只有渡死者的一船可通。岛的内部深沉而阴暗，是不可测、不可知之境。白衣的死神直立船中，静静地移泊，把船中的新鬼带到这岛上来作永远不归之客。这画容易使人感到严肃、恐怖，又容易使人陷入沉思。

现代德意志画家中，一方面有描写铁工场的门采尔（Menzel）的现实主义，其反对方面有代表理想派的勃克林，从表面看来真是奇怪的对照。勃克林是商人之子，入美术学校学画，又游览各地，终于成了画家。然他对于古人的作品，只是感动而已，决不想去模仿他们。他虽是德意志人，然受意大利的海岸风景的影响甚大，故其艺术上的故乡，不是德意志而是意大利。

他是理想主义者，然不像上述的数人仅满足于外面的美与从形象上来的诗情的表现而已。这正是他的德意志人的特质。故评家说他的艺术的最主要物是内容。他作画时，必钻入对象的内面，费思索，而从其深奥处描写出来。他说："无限际地研究自然，是不必要的。"他常常旅行意大利，然而回来的时候永没有一张写生或摹写的绘画带来。所以他作画不用模特儿。然而他有可惊的记忆力，描写物象比用模特儿更为精确。即十年前曾经见过的事物，也能极详细极明了地背写出来。故他的风景，都是明确的、个性的。他的风景，在表现上、技巧上，都有吸引人的魔力。然而当然没有像印象派以后或巴比松派的桌上物的如实的描写，与有生气的自然趣味。因为他本来不是现实主义者的自然观赏者，也不是风景专门家。他只是以理想的心境为对象，不分自然与人生、现实与梦、实在与空想的差别，把一切当作实在，同时又当作理想，当作写生，当作创作而描出。故除了肖像画与宗教画以外，他的画中无不伴着美丽的风景，没有人物点景的风景画也不少。要之，他是用自然与人为题材而表现他的心境的。他的内面的思想便是他的第一义。故他的幽，都富于内面的情调，他所描的岩石、水、空气、树木，都能同他的心共鸣，共悲，共叫。极言之，波涛、森林、岩石，在他看来都是感觉、情念，都作人的姿态，且有人的灵魂。不朽的大作《水妖与半人马怪搏斗》，便是从此产生的。在他看来，波涛都妖精化了。《森林的沉默》，在他能看见包藏秘密的女子；《死之岛》是最冷、最硬、最暗的象征的描写。他的表现，严肃、庄重，他的作品都是带神秘性的象征画。他不是像法兰西的浪漫派画家地从现象中发现奇怪与情热，他是用他的主观来直接把现象奇怪化、神秘化、理想化。这便是表示他的德意志人的自然征服——主观主义的表现。

《近世理想主义的绘画》

理想主义是注重『意义』的绘画，
写实主义是注重『形』的绘画，
印象主义是注重『光与色』的绘画。

画为双飞燕 呢泥巢画屋

子恺画

艺术科学主义化：印象派

从"形"到"光与色"

　　理想主义（古典主义与浪漫主义）是注重"意义"的绘画，写实主义是注重"形"的绘画，印象主义是注重"光与色"的绘画。从"形"到"光与色"，是程度的展进，不是性质的变革。是量的变更，不是质的变更。故写实主义与印象主义，可总称为"现实主义"，以对抗以前的"理想主义"。十九世纪的艺术的主流，是现实主义。

《艺术的科学主义化》

何谓印象派

　　印象派始祖马奈（Manet）就是当时的团体中的一人。他们群集于巴黎的巴蒂尼奥尔（Batignol）街的咖啡店里，常作艺术上的讨论（故印象派又称巴蒂尼奥尔派）。马奈的印象主义的第一公表的作品，便是一八六三年陈列于 Salon 落选画室的《草地上的午餐》。其明年，又发表《Olympia》（《奥林匹亚》）。这等画虽然被政府的虐待，受一般人的非难，然马奈等的团体运动愈加扩大，莫奈（Monet）、毕沙罗（Pissarro）等画家渐次加入。一八七〇年，他们就公布这样的宣言：

　　走出人工的光线的画室！舍弃画廊的调子与褐色的颜料！到明快的日光中来描画！

《艺术的科学主义化》

故印象派的前段，有"外光派"的名称。

然"印象派"的名称，则始见于后四年的一八七四年，且全是偶然而来的。一八七四年八月十五日，他们在那达尔（Nadal）地方开自作展览会。出品的同人，有毕沙罗、莫奈、西斯莱（Sisley）、雷诺阿（Renoir）、塞尚（Cézanne）、德加（Degas）等。莫奈的绘画中，有一幅题名曰《日出·印象》（Impression：Soleil levant），描写破朝雾而出的太阳的光，用轻妙的笔法、澄明的色调，充分表出"空气"的感觉，为从来未见的自然观照与表现。故最能牵惹观者的注意。因这画的题名为《印象》，人们就讹称他们的画风为"印象派"。八月二十五日有一个叫作 Louis Leroy（路易·勒鲁瓦）的人，在报纸上作一段嘲笑的批评，题曰《印象派作家展览会》。自此以后，印象派的名称渐为世人所知，终于传诵于一切人之口。于是被呼作印象派的画家，自己也就袭用这名称。为十九世纪画界一大转机的印象派的名称，从偶然中得来，从嘲笑中产生，也是一件奇事。

《印象派概论》

马奈，印象派始祖

马奈（Edouard Manet，1832—1883）是印象派的始祖。他的创立印象派，在左拉的小说中曾经描写过。左拉有一篇小说名曰《制作》，这小说中的主人公青年画家克罗特（Claude），就是以马奈为模特儿的。这克罗特预言新派的绘画说："太阳、外气与光明，新的绘画，是我们所欲求的。放太阳进来！在白昼的日光下面描写物体！"

这理想就是印象派的出发点。然在实现这理想之前，有一必须经过的阶段。就是不拿色彩当作说明某事象的手段；而为色彩自身的谐调而应用。倘为了要写某事物的意义或内容而用色彩，则色彩的谐调就变成从属的，就违背绘画艺术的存在的本意。色彩的谐调的美的表现，应该是绘画的存在的理由的全部。然而所谓色彩的谐调，又不是用色调的美来鼓吹浪漫的情绪，或使人联想诗情，使人起文学的兴味。乃是"为色调的色调"，以纯粹的绘画的兴味为本位。

草地上的午餐　马奈（法国，印象派）

　　最早又最大胆地实行这纯粹的绘画的兴味的色彩观照的，是马奈。马奈的第一作品《草地上的午餐》于一八六三年陈列于Salon落选画室（Salon des Refuses），这画中所描写的，暗绿色的草地上有几株树木，后方有河，河中有一白衣的半裸体女子在水中游戏。前景为二男子，穿黑色的上衣，鼠色的裤，缀着淡红的领结，坐在草地上。其旁又坐一女子，全裸体，刚从水中起来，正在晒干她的身体来。旁边有女子所脱下的青的衣服与黄色的草帽放在草地上。——图的构造大体如此。

《印象派概论》

一八六五年，马奈的《奥林匹亚》（Olympia）又出现于 Salon。这画现今挂在卢森堡美术馆中。青白的神经病似的青年女子，全裸体地卧在铺白毯的床上。一个穿红衣的黑人的婢女捧着一束花立在床后面。这画与《草地上的午餐》同样地受人非难。甚至有人说以后 Salon 不准收纳马奈的画。

《马奈的外光派》

莫奈，刹那的印象派

莫奈（Claude Monet，1840—1926）是巴黎人，幼年学商，后服兵役。从军期间，在晴空之下观察光色，悟得了机心，其一生就为色彩感觉所支配。回巴黎后，曾加入库尔贝的团体。受库尔贝与柯罗的影响甚多。后来又接近英吉利的大风景画家透纳（Turner）与康斯太布尔（Constable）的作品，大为感动。故莫奈的关于光与空气的特殊的表现，大部分根基于此。同时他从日本画所得的暗示也不少。一八七〇年他避战于荷兰。在那里看到了许多日本画。他从日本画的明暗的调子与单纯适确的表现法上得着他所最受用的教训。

除此等影响以外，他又用自然科学者的实验来完成他的绘画。他把太阳的光与空气的色用三棱镜分解，得到原色，用强烈的原色来作出绘画的效果。结果他就做了描写刹那的光的画家，而印象派道程又深进了一步。即以前马奈用形来写光，现在莫奈

干草堆　莫奈（法国，印象派）

用光来表形。莫奈以为形不过是光的象征而已。他只看见画图上
有光的洪水作出假象的屈折与深浅。他起初并不想看出形来，只
是用色来表现光的照映与闪耀。如何可以表现呢？只有拿三棱镜
所分解的强烈的原色来作印象的排列，方才可能。总之，他既不
想看出思想、内容的意义，也不用主观的态度，又不问对象的形
体。在他只有"光"是印象，是形，是色，是存在。他所注目的
只是光的研究。从莫奈这种主张再深进一步，就变出后述的新印
象派。

一八七〇年战争之后，莫奈转徙于塞纳河畔各地，又移居里
昂附近的地方，专以描光为研究。人物、事件，他差不多不描。

所描的只是风景。然他的描风景，并不是对于风景有兴味，只为便于研究光，故描风景。故在他的作品中全无浪漫的情绪与光景。所描写的题材皆单调、平凡、乏味。"稻草堆""寺院"、一片水上的"睡莲""泰晤士河面"一类的题材，千遍不厌地被他描写。然而决没有重复的表现。他在一八九〇年中，"稻草堆"的画描了十五幅。大都是从同一地点描写几堆同样的稻草堆而已。假如用照相来摄影，这十五张画一定完全同样；然而他的十五张画，有朝，有昼，有晚，有夏，有冬，有秋，其光的变化，无不忠实地、微细地写出，作可惊的研究报告。如果在"艺术"上也以这样的科学的研究材料为必要，那么他的研究真是有特殊的价值的了。然而他这态度究竟是否真的唯物的科学主义？问题可在后述的新印象派与后期印象派中解决。总之，莫奈的研究，是科学的应用于"艺术"。

《莫奈的刹那的印象派》

艺术的科学主义化

要之，印象派的提倡者，是马奈与莫奈。他们就是艺术的唯物的科学主义化的提倡者。现代艺术的重要的一特征是唯物的科学主义化。艺术现实主义的彻底，其主要的一原因是科学思想的发达。以前的情绪主义、神秘主义、唯美主义等的所谓 romanticism（浪漫主义），是理想主义。理想主义就是精神主义，也就是非科学主义。现代勃兴的自然主义、印象主义等，恰好同以前正反对，是现实主义，是唯物主义，就是科学主义。民主主义与唯物的科学主义，为现代思想的主潮，然现实主义的二大河流，流贯着现代思想的全般。一向认为超越物质与科学，反对物质与科学，而居于至上的地位的"艺术"，现在竟变成唯物的、科学的规范内部的事象，而被用唯物的、科学的态度与约束来待遇了。

《艺术的科学主义化》

印象派画家是"光的诗人"

印象派画家猛然地觉悟到这一点，张开纯粹明净的眼来，吸收自然界的刹那的印象，把这印象直接描出在画布上，而不问其为什么东西。即忘却了"意义的世界"，而静观"色的世界""光的世界"，这结果就一反从前的注重画题与画材的绘画，而新创一种描写色与光的绘画。色是从光而生的，光是从太阳而来的。所以他们可说是"光的诗人"，是"太阳崇拜的画家"。

《光的诗人》

毕沙罗，印象派的米勒

毕沙罗（Camille Pissarro，1830—1903）是有"印象派的米

勒"的称号的田园专门画家。他与米勒是同乡，生于诺曼底。性情朴素，也与米勒相似。不过没有米勒的宗教的敬虔的态度与叙事诗的感情。这正是他具有现代人的现实主义的透彻的意义的原故。他是犹太系统的人，起初父亲命他学商，一八五五年以后始转入艺术研究。他的犹太人的性格，在他的作品中很表出着特色。他的所以能有现实主义的彻底的冷静的理性，与明确的观察，实在是因为有这犹太人的性格的原故。所以他没有像拉丁人的憧憬与陶醉，而取细致的分析家的态度，研究农夫的紫铜色的肩上所受的光线的变化，描写投于绿色的牧场上及小山的麓上的透明的白日，而创造一种迫近自然的清新的趣味。

一八六四年以后，努力作画，差不多每年入选于 Salon。初期的画带黄色的调子，尚未脱离柯罗（Corot）的传统。后来加入印象派群中，次第改用明色。

他对于印象派的贡献，是色彩的 decomposition（分解）。即照莫奈的法则，把色彩条纹或点纹并列，这原是印象派共通的技法。他亦曾加入点描派即新印象派，然表现比他们自由。其作品多稳雅的平和的趣味。

晚年身体病弱，不能到野外去写生，常在室内从窗中眺望巴黎的市景，生动地描出其姿态。

故他的作品，初期描农妇，中期描风景，后期描市街，描 Rouen（鲁昂）的桥，描车马杂遝的市街、巴黎的景物。唯物主义者的他，及于印象派的人们的影响很多。

《外光描写的群画家》

注重光的表现的西斯莱

西斯莱（Alfred Sisley，1839—1899）与毕沙罗同为印象派的风景专门画家。生于巴黎，其父母是意大利人，生计甚裕。他青年时就非常欢喜绘画。二十三岁时与莫奈及雷诺阿同学，一致地趋向印象派的倾向。他的出全力从事制作，乃在一八七〇年以后。其画风注重光的表现，为当时多数青年所崇仰。题材多取温和的自然，而深的绿水旁边的森林、百花烂漫的春日的田舍，尤为其得意的题材。其色彩比马奈强烈，印象也深，但情景中全无激烈的分子。

西斯莱后半世生涯甚贫乏，全靠卖画度日。当时有一个爱好美术的朋友，叫作谟雷，对于西斯莱有不少的帮助。谟雷是一位开糖果店的商人，而酷嗜美术。他看见西斯莱等穷得没有吃饭的地方，就特为他们开一饭店，供给这班穷画家吃饭。西斯莱与后述的雷诺阿有赖于这人最深。

《外光描写的群画家》

舞女画家德加

德加（Hillaire Germain Edgar Degas，1834—1917）是有名的舞女画家。生于巴黎，起初入其地的美术学校，与一般画学生同样地向罗浮宫练习模写。后来旅行意大利、亚美利加。其最初出品于 Salon 是在一八六五年，作品是题曰《中世纪的战争的光景》（即《奥尔良城的灾难》）的一幅色粉笔画。自此以后他非常欢喜色粉画（pastel）了。明年出品的是《竞马图》。均得好评。但这时候他还全然不是印象派的画家。一八六八年，他描剧中的一个舞女的肖像，出品于 Salon，这便是支配他的一生涯的舞女画的最初。他所描的舞女，态度千变万化，且常常捉住瞬间的活动的刹那的光景而表现出。他的全生涯的作品，以舞女为最有名。

德加是描写女性的专家，他每夜出入于歌剧场、舞蹈场；然而他的性质是非常的"厌世家"，这是很不可思议的事。因有这奇特的性情，故他的特色，是作者常常立在客观的地位，而冷静地观察对象，而其所观察的对象不是静止的事象，而是运动的、激烈动作的、一瞬间的姿态，用轻快鲜明温暖的色彩，作印象的表现。他的所以为印象派画家，就在于此。某评家谓马奈、莫奈、德加是印象派三元老，而指毕沙罗、西斯莱、雷诺阿为印象派盛期三大家。

《外光描写的群画家》

贵族画家雷诺阿

雷诺阿（Auguste Renoir，1841—1920）比较德加，为贵族的人物画家，他的肖像画颇使 bourgeoisie（资产阶级）的人们爱好，当时有大名的歌剧改革者瓦格纳（Wagner）曾经为他做半小时的

弹钢琴的女孩 雷诺阿（法国，印象派）

模特儿，请他画一幅肖像画。他是长于描写女性的肉体的画家，甘美而有力。他的父亲是裁缝师，他幼时在亲戚家做手工艺，后来以画瓷陶器为业。十八岁以后，为天才所驱，出巴黎从师，与莫奈、西斯莱相知交。一八六三年以后，他描写浪漫派的绘画，出品于Salon，然屡次落选。后受友人的影响，改变方针，试描外光，就渐渐为世所知名。中年以后特别欢喜描女性的肉体，以此成名为世界的大家。

某评家说："德加描写华丽的舞女，而自己常常板着厌世的

脸孔；雷诺阿是女性的肉体的赞美者，又是受自己所描的温软的
肉感的诱惑的乐天家。"雷诺阿在印象派画家中，实在是过于接
近对象，而不脱陶醉的、浪漫派的范围内的人。德加只表现肉体
的运动的瞬间；雷诺阿则对于肉体的静止低徊吟味，而心醉于
其中。他的表现不是轻快而淡美，是黏润而有弹力。至于其讨好
bourgeoisie 的意识，更是不能得我们的同意的地方了。

《外光描写的群画家》

所述的印象派画家，概括列表如下：

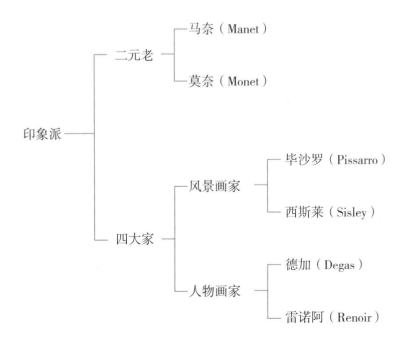

这印象派的主张的彻底，即色彩表现的彻底的科学化，是所谓"新印象派"，又名"点描派"，这一派为印象主义的穷途。起而取代它的便是"后期印象派"。

《外光描写的群画家》

画派变化的剧烈，恐怕是西洋绘画对于东洋绘画的最显著的一特色了。历观以前所述的各种西洋画派，差不多新派都是打倒旧派而起的。

倘使羊識字

羊肉大麵

子愷畫

新印象派与后期印象派

何谓新印象派

虽说印象派是艺术的科学主义化，但印象派的
外光描写，决不是受科学者的实证的引导而起来的。
然而奇巧得很：印象派的萌芽恰好与关于光的科学
的研究的发表同一时期。

《新印象派的原理》

至于现在要说的新印象派（即点描派）则比印
象派更为彻底，非但以光与色为绘画的本身，又更
加科学地研究光的作用、色的分化。例如几分红与
几分黄合成如何的感觉？几分明与几分暗作成如何
的效果？作画简直同配药一样。所以说这是外光描
写的科学的实证，即印象主义的极端。

《外光描写的科学的实证》

新印象派的原理

（一）固有色的否定——在自然界中，色彩不是独立而存在的。我们所看见的色彩，全是不定的幻影。何以故？因为色彩的显现，是为了有太阳的原故。万物本来没有所谓"色彩"，太阳的光线照在其表面，方才生出色彩来。又万物本来没有色彩，故也没有"形"。我们所见而所称为形的，无非是"色的轮廓"而已。故倘无色彩，即无形。这样说来，在自然界是没有色与形的区别的。

（二）阴的否定——光线分解的第二结果，即"阴"不是光的分量的缺乏，而是"性质不同的一种光"。即风景中的阴，不是缺乏光的部分，而是"光较低的部分"，即不外乎七原色的光线用了与阳部不同的速度而射走到的部分而已。

（三）色的照映——表现了光的分解的印象派画家，否定固有色，否定阴的绝对的存在，同时在他方面当然又夸耀其对于色的照映的敏感。

《新印象派的原理》

修拉，最初的新印象派画家

新印象主义运动起于法兰西。最初实行这分割主义于绘画上的，是修拉（Georges Seurat，1859—1891）。据另外一说，教修拉以印象派的科学的论据的，不是前述的谢弗勒，乃是美国哥伦比亚大学的教授罗德（Rood）的视觉上的实验。罗德教授曾比较两个回转圆盘而作一实验。即在甲圆盘上涂以并列的两种色彩，在乙圆盘上涂这两种色彩调匀而成的混合色。回转甲圆盘时，并列在盘上的两种色彩而映入我们的眼中，结果这样的产生的混和色比乙盘上的混和色灿烂且强烈得多。故可知要作灿烂强烈的色，与其在调色板上混和颜料，不如在观者的水晶体中混和为有效。修拉从这实验得到暗示，而发明色调的分割。又有人说修拉的技法传到前期印象派的莫奈（Monet）与毕沙罗（Pissarro），自此以后他们也用纯粹的原色排列在画布上，而任观者的水晶体自行获得色的混和的效果了。

修拉在一八八四年所作的《水浴》中已经表示着新印象派的新的描写的形式。然这形式的最完成的表现，乃在一八八六年出品于"独立展览会"（Independent）的《大碗岛上的一个星期日》。在映着晴空的色彩的光耀的大河边的林间，有享乐这良辰的人们群集着，或卧草上，或携儿童漫步，或垂钓竿。鲜明的黄绿色的草原上，立着含同样的黄色的光的叶簇为树木，投射其鲜明的景在草上。紫色的衣服，赤色的阳伞，孩子们的纯白的衣服，点缀在蒸腾一般的草地上。颜料瓶中新榨出来的颜料的点，密密地撒布在全画面，使全画面光耀眩目，黄绿色的草地上直似蒸腾着强烈的热气。

修拉年三十一（或二）岁即夭亡。其作画的时期也短少。他的新描法的形式，并不是在科学的论据的一点上大有艺术的价值。他虽然从这科学的论据出发，但又达到着超越"科学"的境地。即其在光与空气的表现上所感到的一种精神的陶醉与法悦的境地。他在这境地中味得情热的满足，同时表现神秘的光辉的幻影。这幻影是他所热情地追求的唯一的实在。

《理论的实化》

后期印象派，西洋画史上最大的革命

　　画派变化的剧烈，恐怕是西洋绘画对于东洋绘画的最显著的一特色了。历观以前所述的各种西洋画派，差不多新派都是打倒旧派而起的。例如写实主义的绘画，在题材上与其前的古典主义及浪漫主义正反对，全都推翻古典主义、浪漫主义而逞雄于十九世纪的中叶。又如印象主义，在技法上与其前的写实主义正反对，全部推翻写实主义而得势于十九世纪末叶。东洋画虽也有各种种类及派别，例如中国的南宗北宗等，但其变化不像西洋画的激烈，大都只是大同小异；且各派大都各有其所长，并存而不妨害，决不像西洋画派地打倒旧派而建设新派。西洋画派的变迁，竟如夺江山一样，某派的得势期中，决不许旧派在画坛上占有地位。这是明显的事实：在鼓吹民主主义与赞美劳动生活的米勒（Millet）、库尔贝的时代，谁还肯画《加冕式》；在竞尚光线与色彩的莫奈（Monet）时代，没有一个人欢喜选择米勒的画题而刻画库尔贝的线了。

　　所以西洋画派的变迁，每一派是一次革命。然而以前所述的古典派、浪漫派、写实派、印象派、点描派，都不过是小革命而已；最根本的最大的革命，是本文所要说的"后期印象派"。何以言之？古典、浪漫、写实三派，虽然题材的选择各不相同，然画面上大体同是以客观物象的细写为主的；印象派注重瞬间的印象的描表，不复拘之于物象的细写，然其描写仍以客观的忠实表现为主——非但如此，又进而用科学的态度，极端注重客观的表现，绝不参加主观的分子。所以这几派，在画面上可说是共通地以客观描写为主的。说得浅显一点，所画的物象都是同实物差不多的，与照相相近的。到了前世纪末的后期印象派，西洋画坛上发生了根本的动摇，即废止从来的客观的忠实描写，而开始注意画家的主观的内心的表现了。说得浅显一点，即所画的事物不复与照相或真的实物一样，而带些奇形怪状的样子了。换言之，即以前的画为自来西洋画固有的本色，现在的后期印象派绘画则在西洋画固有的本色中羼入几成东洋画的色彩了。因为东洋画向来是不拘泥于形似的逼真而作奇形怪状的表现的。

《主观主义化的艺术》

　　所以"后期印象派"是西洋画界中的最大的革命。以前一切旧画派，到了印象派而告终极；二十世纪以来一切新兴美术，均以后期印象派为起点。"印象派""新印象派"（即点描派）、"后期印象派"，三者在文字上看来似乎是同宗的，其实后期印象派与前二者迥然不同，为西洋画界开一新纪元。所以有一部分人不称这画派为"后期印象派"而称为"表现派",而称后来的表现派为"后期表现派",常有名称上纠缠不清之苦。然名称可以不拘,名称什么都可以,我们只要认明:塞尚(Cézanne,1839—1906)、凡·高(van Gogh,1853—1890)、高更(Gauguin,1848—1903)、亨利·卢梭(Henry Rousseau,1844—1910),四人为西洋画界的大革命者就是了。

《主观主义化的艺术》

后期印象派,又称"表现派"

印象派使视觉从传习上解放,而开拓了新的色彩观照的路径。但他们所开拓的,只是以事象在肉眼中的反应为根据的路径,而把心眼闲却了。换言之,即他们以为自然仅能反应于视觉,而尚不能反应于个性。

印象派画家当然也具有个性,故也在无意识之间用个性来解释自然,或用热情来爱抚光与空气,结果也能作出超越写实的个性的幻影。故所谓"外面的""内面的",或"肉眼的""心眼的",都是程度深浅的问题,并非断然的差别。实际上虽然如此,但论到其根本的原理,印象派及新印象派(即点描派)的态度,是在追求太阳光的再现如何可以完全,不是在追求自己的个性如何处理太阳的光。即他们是在追求再现光与空气的共通的法则的。所以极端地说起来,倘有许多印象派画家在同一时刻描写同一场所的景色，其许多作品可与同一个画家所描的一样。这事在实际上虽然不曾有，但至少理论的归着是必然如此的。……他们以为印象派过重视觉而闲却头脑，新印象派则视觉过重更甚。所以对于印象派所开拓的路径，现在要求其再向内面深刻一点。适应这要求的人们，一般呼之为"后期印象派"（ Post–Impressionists ）。

《再现的艺术与表现的艺术》

表现派（ Expressionists ），又称后期印象派（ Post–Impressionists ），其主旨是以人格征服自然。然而并非像从前那样蔑视自然，是把自然融化于创造的火中。不像前派的为客观的再现，是把客观翻译为主观而表现。故其最重要的是特征，是画面的摇动。即用线条来表出对于客观的主观的心状。故其画面，不事形状色彩的忠实的写实，而加以主观化。主观化的最显明的，如"特点扩张"。例如大的眼睛，画得过分大一点，瘦的颜面，画得过分瘦一点（然这不过是大体的说明，实际并非这样简单）。总之，以前各派，画面都是"固定的""死的"；到了表现派而开始"动"起来，"活"起来。故这是划时代而开新纪元的画派。这"动"为后来一切新兴艺术的初步。表现派的画家，在当代最有名，差不多在地球上的文明人大家晓得，即塞尚（ Cézanne ）、凡·高（ van Gogh ）、高更（ Gauguin ）三大家。

《艺术修养基础·西洋画简史》

再现的艺术与表现的艺术

研究怎样把太阳的光最完全地表出在画面上，不外乎是"再现"（representation）的境地。所谓再现的境地，就是说作品的价值是相对的。印象派作品的价值，是拿画面的色调的效果来同太阳的光的效果相比较，视其相近或相远而决定的。即所描的物象与所描的结果处于相对的地位。

《再现的艺术与表现的艺术》

反之，不问所描的物象与所描的结果相像不相像，而把以某外界物象为机因而生于个人心中的感情直接描出为绘画，则其作品的价值视作者的情感而决定，与对于外界物象的相像不相像没有关系。即所描出的"结果"是脱离所描的物象而独立的一个实在——作者的个人的情感所生的新的创造。这是绝对的境地，这时候的描画，是"表现"（expression）。

"表现"的绘画，不是与外界的真理相对地比较而决定其价值的。凡·高所描的向日葵，是凡·高的心情的发动，以向日葵的一种外界存在物为机因而发现的一种新的创造物。故其画不是向日葵的模写（再现），乃是向日葵加凡·高个性而生的新实在。故表现的艺术，不是"生"的模写，乃是与"生"同等价值的。

故所谓表现派（Expressionists）、表现主义（Expressionism），意义很广，不但指后期印象派的诸人而已，德国新画家蒙克（Munch，1863—1944），及俄国的松成派画家康定斯基

（Kandinsky），及最近诸新画派，都包含在内。立体派等，在其主
张上也明明就是表现派的一种。

《再现的艺术与表现的艺术》

后期印象派三大家

世所称为后期印象派的，是指说从印象的路径更深进于内
面的人们，即法兰西的塞尚（Paul Cézanne，1839—1906）、高更
（Paul Gauguin，1848—1903）、荷兰的凡·高（Vincent van Gogh，
1853—1890）等。他们虽然被归入后期印象派的一"派"中，然
因为这名称原始是个性的自由表现的意思，故在他们的艺术上，
除同为"表现的"以外，别无何种共同点。

《再现的艺术与表现的艺术》

塞尚充满于静寂的熟虑的观照，凡·高则富于情热，比较起
来是狂暴的，激动的。凡·高的暴风雨似的冲动，有的时候竟使
他没有执笔的余裕，而把颜料从管中榨出，直接涂在画布上。他
的画便是他的异常紧张热烈的情感。麦田、桥、天空，同他心里
的狂暴的情感一齐像波浪似的起伏。但有的时候，他又感到像刚
从恶热中醒来的病人似的不可思议而稳静的感情，而玩弄装饰的
美。例如其《向日葵》便可使人想象这样的画境。

高更是怀抱泛神论的思慕的"文明人"。他具有文明人的敏

感，而欲逃避文明的都会的技工的虚伪。他的敏感性，对于技工的虚伪所遮掩着的“不自然”，不能平然无所感，他追求赤裸裸地曝在白日之下而全无一点不自然与虚伪的纯真。于是他就在一八九一年去巴黎，远渡到南洋的塔希提（Tahiti）岛上，而在这岛上的半开化社会中探求快适的境地。一八九三年归巴黎。文豪斯特林堡（Strindberg）曾经说：“住在高更的伊甸园中的夏娃，不是我所想象的夏娃。”高更对于他的话这样辩答：“你所谓文明，在我觉得是病的。我的蛮人主义恢复了我的健康。你的开明思想所生的夏娃，使我嫌恶。只有我所描的夏娃，我们所描的夏娃，能在我们面前赤裸裸地站出来。你的夏娃倘露出赤裸裸的自然的姿态来，必定是丑恶的，可耻的。如果是美丽的，她的美丽定是苦痛与罪恶的源泉……”于是高更又去巴黎，到南洋的岛上的原始的自然中，娶一土人女子为妻，度送原始的一生。他虽然在这境地中成他所谓“赤裸裸的自然的状态”，但仍能见到美的魅力——增大的美的魅力。

高更具有敏感性，他在印象派的艺术中也能看出文明社会的智巧的不自然，所以他所追求的是更自由、更朴素的画境。结果他的画有单纯性与永远性。因为已经洗净一切智巧的属性的兴味，而在极度的单纯中表现形状，极度的纯真中表现感情。他的画中所表现的塔希提土人女子的表情，不是一时的心理的发表，乃是永远无穷的人类的感伤（sentimental）。在那里没有人工的粉饰与火花，只有原始的永远的闲寂。

《再现的艺术与表现的艺术》

塞尚，新兴艺术之父

新兴艺术中有许多派别，即自后期印象派开始，以至野兽派、立体派、未来派、抽象派、表现派、达达派等。然而在"主观主义"的一点上，各派同一倾向。所以后期印象派是现今一切新兴艺术的先驱者。换言之，客观主义的艺术到了新印象派（即点描派）而途穷，无可再进，不得不转变其方向。于是后期印象派四大画家起来创造主观主义的艺术。现今一切新兴艺术，都是这后期印象派的展进。所以创造后期印象派的四大画家，是现代绘画的开祖。要理解新兴艺术，必先理解这四大家。

1.塞尚（Cézanne）

2.凡·高（van Gogh）

3.高更（Gauguin）

4.卢梭（H.Rousseau）

四人的生涯——同他们的艺术一样——都是奇特的：第一个是"绘画狂"者；第二个是拿剃头刀割耳朵的疯人，且终于自杀的；第三个是逃出巴黎，到未开化的岛上去做野蛮人的；第四个是"世间的珍客"。

《新时代的四大家》

塞尚（Paul Cézanne，1839—1906）被称为新兴艺术之"父"，又"建设者"。所谓"塞尚以后"，就是"新兴艺术"的意思。因为新时代的艺术，是由他出发的。虽然有人疑议他究竟有没有那样伟大的价值，然一般的意见，总认为入二十世纪以后，不理解塞尚不能成为今日的艺术家。又以为，新兴艺术的根柢托于塞尚艺术中，新兴艺术是塞尚艺术的必然的发展。关于这点的研究，非常深刻、繁复，现在不过简单介绍其人而已。

塞尚生于法兰西南部离马赛港北方三里半的一小乡村中。文学家左拉（Emile Zola）少年时代也曾住在这地方。塞尚与左拉或许在小学校中是同学也未可知。塞尚是一个银行家的儿子。少年时依父亲的意思，入本地的法律学校。这期间他的生活如何，不甚明悉。一八六二年毕业后，他来到巴黎就专门研究绘画了。其学画的最初也与一般人同样，不抱定自己的主张，而到罗浮宫（Louvre）中去热心地模写中世意大利的格雷科（Gleco），及威尼斯派诸家的作品。

后来的主观强烈的塞尚作品中，显现一种忠实的古典的，而又不十分近于模仿的作风，其由来即在于此。研究中经归故乡一次，明年再来巴黎。与左拉交游，又因左拉的介绍而与印象派画家马奈（Manet）时相往来。然这时候马奈还未发挥其印象派作风，故塞尚从他并没有受得什么影响。不过当时塞尚常常与他们一同出入于库尔贝（Courbet，写实派画家）的家中，因此受了自然主义——现实主义——洗礼，是明确的事实。对于塞尚感化最深的，莫如毕沙罗（Pissarro，也是印象派画家，与莫奈、马奈、西斯莱等同群）。其色彩与调子中，都有毕沙罗的痕迹。倘然塞尚是倾向于唯物的科学主义的人，其与毕沙罗的关系就更深而不能忘却了；然塞尚不过在最初的时候蒙他人的扶助而已，后来终究独自走自己的路。最初的时候因为自己的路头还未分明，故有时到罗浮宫去模写，有时听毕沙罗的指示；然这等对于真正的主观强烈的塞尚艺术，在本质上并没有什么交涉。

他在一八七三年间，曾试行外光派的作风。一八七七年，出品于印象派展览会，曾为印象派将士之一。然而他在印象派那种世间的、激动的生活的团体中，非常不欢喜。巴黎艺术家的狂放傲慢的气质尤为他所厌恶。于是塞尚渐渐与印象派的人们疏远起来。终于到了一八七九年四十岁的时候，他独自默默地归故乡去。然而他自己的真的生活——"艺术史上开新纪元者"的生活——实在是从此开始的。塞尚于一八八二年，始将其所作《画像》出品于美术展览会（Salon）。起初当然没有人理睬他。然而他坚持自己的主张，反而嘲骂世间的名誉，说："只要稍有头脑，谁都可做学院派（academic）的画家！什么美术院会员，什么年俸，什么名誉，都是为轻薄者、白痴者而设的！"于是他仍旧回到乡下的自己家里，或者笼闭在树荫里的霉气熏人的画室中，眺望"模特儿"老头子的颜面，或者闷闷地徘徊于郊野中，发疯似地凝视树木及远山。——忽然地拿出他的龌龊的油画具来描写，完全变了"绘画狂"。然而他在这种变态生活中，全不受何种外界的妨碍，他的病的主观发出狂焰，而投入于对象中。于是可惊的"主观表出"就成功了。从这时候到他死的二十年间，他所作的作品甚多。有的单是风景，有的风景中配人物，还有优秀的肖像画与静物画。

塞尚是"新兴美术"的建设者。然而他的特色，他所给与现代的影响，很是全般的、根柢的、复杂的。要之，塞尚艺术的特色有五端：（一）色彩的特殊性；（二）团块的表现；（三）对于立体派的暗示；（四）主观主义化；（五）拉丁的情绪。

绘画艺术本来是色的世界中的事。故除了色彩和光以外，实在没有可研究的东西。尤其是在德拉克洛瓦（Delacroix，浪漫派画家）以后的现代艺术上，色彩的研究非常注重。前述的印象派、新印象派，都是以这方面的追求为主旨的。塞尚也从其格雷科研究及其本质（乡土色与个性）上表现特殊的色彩的效果。他的特殊的色彩，是种明快温暖而质量重实的沉静的浓绿色及带黑的青调子，即所谓 "塞尚色"。他不像马奈（Manet）地用白色，也不像莫奈（Monet）地用黄褐色，凡枯寂的淡白色，他都不用，他爱用东洋画的墨色，尤其欢喜润泽的色调。他不像印象派画家地仅就 "光" 作说明的表现，而欢喜表出发光的色的本质及其重量。所以他的色彩表现，不像莫奈、毕沙罗，或曾经研究化的新印象派（点描派）地并列色条或色点在画布上，以表现发光的形体，而把色翻造为笨拙的重块。这就是所谓团块的表现。他对于物体不看其轮廓，故不用线来表现。这倾向是与印象派同一的；然而他并不像印象派地把物体看作阴影的平面化，或看作色条的凑合，而最初就把物体看作色块，看作立体物。故他的表现，不是线，也不是点的集合，无论风景、人物，都当作 "团块"（mass）而表现，在其静物画中，这一点尤其明显。要之，他的表现，统是有上述的特色的团块。而其团块，又不是平面放置的，而都是立体物，都是有三种延长——高、广、深——的。如他自己所说，"圆球、圆锥、圆筒"的存在，各在一画面中依了深与广的顺序而要求明显的各自的位置。塞尚自己说："绘画，必须使物象还原为这圆球、圆锥、圆筒而表现。"所以他的色的团块，决不仅是平面的团块，乃是有深度的立体的团块。他的所谓"绘画的 volume（体积感）"，就是从这立体的感觉而来的。其对于新兴艺术的最大的贡献，也就是这立体感的暗示。尤其是新兴艺术中的立体派，完全可说是由他这表现法的更进的研究与扩充而来的。塞尚与立体派之间虽然隔着一段距离，但在这立体感的一点上，有不可否定的必然的连锁关系存在着。

然这种特殊色彩的、立体的、团块的、表现的 volume，结果无非是塞尚自己的个性——他的强烈的自我性、主观性——的发现。所以为新兴艺术的基础的塞尚，当然是移行的时代的大势的一种象征。即因塞尚的特殊的人格的出现而时代的大势发生一曲折，新的纪元就从塞尚开始。所以塞尚的特殊的主观的人格，非常融浑，而对于现代有重大的意义。他犹如一种 radium（镭），具有放射性，别的东西不能影响于他，而只有他能放射其影响于别的一切，用他自己的主观来使它们受"塞尚化"。所以他不像写实派的库尔贝或印象派诸家地用谦逊的态度来容受客观，而放射其自己于对象，使对象受他自己的感化。他的表现，能使物象还原于团块的 volume。其方法也不外乎是用他的主观来归纳、统一，又单纯化。故从心理上探究起本质来，"塞尚艺术"可说是对象的主观主义化。这倾向正是新兴艺术的特色的先驱。然而塞尚终是生在南法兰西的暖和的树林中的一个艺术家，无论他的主观主义的倾向何等强烈，终免不了拉丁的 emotionalism（主情主义）的色彩。他虽然曾经站在物质主义的立场，又曾为科学主义者，然而他决不是接触着现代精神，而住在排斥一切梦幻与假定的、唯物的、纯粹直观的世界中的人。在这点上看来，他不但不接触时代，不与社会交涉而已，又是忌避时代与社会，而深深地躲在田园里的一个隐避者。他不是积极的现代人，乃是躲在"艺术"中"主观"中的逃避者。毕沙罗等，比较起塞尚来，实在是与现代当面而积极地在现代中生活的人，在这点上，可以看见塞尚与后来的立体派、未来派诸人的异点——然而我们亦不能因此而忘却了塞尚在现代艺术上的开辟的功勋。

《新时代四大画家》

凡·高，火焰的画家

有"火焰的画家"之称的凡·高（Vincent van Gogh，1853—1890），与后述的高更（Gauguin），同是后期印象派的元首塞尚的两胁侍。他是因主观燃烧而发狂自杀的、现代艺术白热期的代表的艺术家。凡·高生于一八五三年，荷兰。他是一个牧师的儿子。他的血管中混着德意志人的血，又为宗教家的儿子，这等都是决定他运命的原由。起初他因为欢喜绘画，到巴黎来做商店的店员，然而他生来是热情的人，不宜于这等职务，常常被人驱逐，生活不得安宁。

　　后来曾经到英国，当过关于基督教的教师，然不久就弃职归来。又到比利时去做传道师。做了两三年也就罢职，终于一八八一年回到父母的家乡。这三十余年间的生活，使他受了种种的世间苦的教训。他有时在炭坑中或工场中向民众说教，有时在神前虔敬地祈祷。他的本性中有热情燃烧着，又为从这热情发散出来的热烈的梦幻所驱迫，他对民众说教的时候，就选用绘画为手段。"只有艺术可以表现自己，只有艺术能对民众宣传真理！"为这感情所驱，他就猛然地向"艺术"突进。

　　他一向认定艺术不是从人生上游离的，而是人生的血与热所迸出的结晶。所以他不把艺术当作憧憬的、陶醉的娱乐物，而视为自己心中的燃烧的火焰。他回到家乡之后，万事不管，只顾继续描画，把那地方的一切事物都描写。在他看来，绘画的表现与殉教者的说教同样性质。以后他走出故乡，漫游各地，度放浪的生活。

　　一八八六年，重来巴黎，与高更（Gauguin）、毕沙罗（Pissarro）、修拉（Seurat）等相交游。从毕沙罗处受得线与色的影响，又从修拉处受得强明的线条排列的技巧的暗示。他的可怕的狂风一般的生涯，从此开始。他最热衷于绘画的时期，在于一八八七年至一八八九年之间。在那时期中，他差不多每星期要产出四幅油画作品。然而那时候他的精神已变成发狂的状态，常常狂饮、长啸；感情发作的时候，任情在画布上涂抹。其代表作《向日葵》，是一八八八年十二月，到法兰西南部的古都阿尔地方的时候所作的。他的狂热的心中，满满地吸收着太阳的光；看见了这好比宇宙回旋似的眩目的大黄花，他的灼热的心不期地鼓动起来，火焰似的爆发出来的，便是这作品。试看这幅画，非常激烈可怕，几乎使看者也要发狂！

这一年的秋天，他所敬爱的高更来访望他。凡·高一见了高更，非常欢迎，就邀他同居。自此以后，他的狂病日渐增加。有一晚，凡·高忽然拿了一把剃刀，向高更杀来。高更连忙逃避，幸免于难；凡·高乱舞剃刀，割去了自己的耳朵。自此以后，他们两人就永远分别。

凡·高于其明年到阿尔附近的圣勒米地方养病，不见效果。一八九〇年，仍旧回到巴黎。他的兄弟为他担心，同他移居到巴黎北方的一个幽美的小村中。这地方很静僻，以前的画家柯罗（Corot）、杜米埃（Daumier）、毕沙罗（Pissarro）、塞尚等，都曾经在这里住过。但凡·高终于在那一年的夏天，用手枪自杀，误中腿部，一时不死。在病院中过了几天，于八月一日气绝。

凡·高的作品，最知名的是前述的几幅《向日葵》。他是太阳渴慕者，向日葵是他的象征。所以现在他的墓地上，遍植着向日葵。

《自画像》也是有名的作品。他的制作的特色，是主观的燃烧。塞尚曾经把对象（客观）主观化；到了凡·高，则仅乎使对象主观化，使对象降服于主观，已不能满足；他竟要拿主观来烧尽对象。烧尽对象，就是烧尽他自己。所以他自己的生命的火，在五十岁就与对象一同烧尽了。

《新时代的四大画家》

高更，"野蛮人"画家

比较凡·高的"火焰"，高更全是静止的。然高更的静止，犹如微风的世界中燃着的蜡烛，仍旧是一种热情的火，不过稳静地燃烧着罢了。

高更（Paul Gauguin，1848—1903）生于巴黎。他的父母亲不是巴黎人，是法兰西北部布列塔尼海岸上的人。母亲生于秘鲁。高更二岁时，他的父亲带了他移居秘鲁；在途中父亲死了。全靠做秘鲁总督的、他的母亲的兄弟的照护，在秘鲁住了四年，仍回到他父亲的故乡法兰西来。在这期间中，他的生活当然不快乐。十七岁以前，他在宗教学校受教育。原来他父亲的故乡布列塔尼海岸上，操船业的人很多。他大概受着遗传，也恋着于苍茫的海，就在十七岁时做了水夫，遥遥地航海去了。然而海中的生活，不像在陆地上所梦想的那样愉快。二十一岁时，他就舍弃了船，来巴黎做店员。这时候他大概交着了幸运，居然地位渐渐高起来，变成重要的经理人，钱也有了。于是和一个丹麦女子结了婚，生下了五个孩子。然而在巴黎做 bourgeois（资产阶级分子），在他决不是久长之计。他的血管中野性的血过多，他又是善于梦想的人，故终于舍弃了职业，抛却了妻子，放弃了他的一切生活，而落入于"艺术""绘画"、人生的可怕的陷阱中了。但在他自己看来，这是可恋的乌托邦（Utopia）。当时正是一八八二年，高更年三十五岁。

高更一早就倾向"绘画"方面。以前每逢星期日，他必然加入当时种种新画家的集团中，与毕沙罗、德加（Degas）等相交游。对于绘画的兴味达到了顶点的时候，他终于辞了职务，抛弃了一切财产，别了妻子，而做了一个独身者。此后的他的生活，当然是苦楚的；然而越是苦楚，越是深入于"艺术"中。一八八六年，他同凡·高相知，自此后三年间，与凡·高同居，直到剃刀事件发生而分手。高更自与凡·高分手之后，茫然不知所归，飘泊各处，没有安宁的日子。他来到邦塔望，曾在那里组织一个团体，即所谓"邦塔望派"。这团体原是一班未成熟的青年艺术者的群集；然而他们对于高更非常尊敬。作《高更传》的赛格伦、赛柳琪、斐尔那尔等，就是这团体中的人。他们都不满足于印象派、新印象派等干燥无味的、形式的、不自由的画风，而在高更的作品中发现快美憧憬的世界。他们自称为"综合派"。然而高更的性格，与他们全然不能合作，这团体不久就解散。

一八九一年，高更仍旧回到巴黎，度流浪的生活。这时候他所憧憬的地点，是大西洋南海中的塔希提（Tahiti）岛。他以前当水夫的时候，曾经到过美洲附近的南大西洋中的法领塔希提岛。这岛上的原始的生活，在他觉得非常可慕。终于那一年，他奔投到这岛上。在那里居住了二年，深蒙原始人的感化，作了许多奇怪的（grotesque）作品，带了非常奇怪的风采而回到巴黎来。然而他的画全不受巴黎人的欢迎。于是他对于现世"文明"的厌恶心更深，遂于一八九五年再到那岛上。

自此以后，塔希提岛上的一切就无条件地受高更的爱悦，而高更完全与这岛上的原始人同化了。他努力学野蛮人，养发，留髭，赤身裸体，仅在腰下缠一条布。晚上旅宿各处，用土语与土人谈话，完全变成了一个土人。于一九〇三年死在这岛上。死的时候，身旁只有一个土人送他。

他所遗留的作品，一部分是在布列塔尼作的，一部分是在这岛上作的。其中可珍贵的作品很多。除油画之外，他又作有版画及速写（sketch）等作品留存在世间。

《新时代的四大画家》

绘画的主要的目的，绘画的好坏的标准，说起来很长，其最重要的第一点，可说是在于"悦目"。何谓悦目？就是使我们的眼睛感到快美。绘画是平面空间艺术，是视觉艺术。故作画，就是把自然界中有美丽的形与美丽的色彩的事物，巧妙地装配在平面的空间中。但有美的形状与美的色彩的事物，并非在任何时候、任何地方都是美的。故必须把它巧妙地装配，才成为美的绘画。水果摊上有许多苹果、桔子，然而我们对于水果摊头不容易发生美感。买了三四只回家，供在盆子里，放在窗下的几上的盘中，其形状色彩就显出美来了。又如市街嘈杂而又纷乱，并不足以引起我们的美感，但我们从电车的窗格子中，常常可以看见一幅配合极美好的市街风景图。由此可知，使我们的眼睛感到快美的，不限定某物，无论什么东西都有美化的可能。又可知美不在乎物的性质上，而在乎物的配合的形式上。故倘用绘画的眼光看来，雕栏画栋的厅堂，往往不能使人起美感，而茅舍草屋，有时反给人以快美的印象。绘画是自然界的美形、美色的平面的表现，又不是博物挂图，不是照相。绘画是使人的眼感到快美，不是教人知识，不是对人说理。

《谈像》

亨利·卢梭，世间的珍客

亨利·卢梭（Henry Rousseau，1844—1910）——巴比松派画家中，也有一个卢梭，就是Théodore Rousseau（泰奥多尔·卢梭），与米勒、柯罗等为同志，请勿与亨利·卢梭相混杂（普通T. Rousseau 指前者，H. Rousseau 指后者）——生于离巴黎西南七八十里的勒茫尔地方。他的父亲是个洋铁工人，母亲是一个不受教育的乡下姑娘。他的童年的事迹不甚详悉，大约是没有受教育的。丁年（壮年）入车队，一八七〇年，被派遣到墨西哥做军曹。居墨西哥的一年间，与他的一生很有关系，他所有的神秘性，像原始人所有的对于自然的惊奇心，以及从此发生的种种幼稚的幻觉，似乎都是在那时期中深深地着根的。这心支配他的后年，简直可说他的一生是从这原始森林中发生的。

不久他就回到法兰西，参加正在开始的普法战争，受命为某城寨的守备。战争后又为巴黎入市税关的职员。他的地位很卑下，然那时候他已耽好绘画了。他的学画，一向不从师，只是由自己描写。渐渐脱出税关，而变成了一个画家。他的特殊的天真味，原为诗人顾尔孟及画家高更所爱好，他们常相来往；然而他既不加入职业画家之列，也不骚动世间，连他的生活状态都少有人知道。他做税关吏的时候，曾经同一个波兰女子结婚，且生下个女儿；然不知有什么原故，不久就分手，把女儿寄养在乡下的朋友家里。后来又娶第二妻，曾经开设一所卖文具的小店，为其妻的内职。于此可知他的经济状况是很穷迫的。然而这时候他的绘画研究的兴味正浓。终于在一八八六年的第二次"独立展览会"中，发表四幅出品。自此以后，到他死，每年在这里陈列作品。于是世间渐渐有人注目他，看他作异端者。然而穷乏依旧逼迫他。但是这却不关，因为他的根性纯朴正直，气宇轩昂，尽管在自己的家里——他的所谓家，是一间狭小而污旧的二层楼上的租寓——设办一点粗末的酒肴，招请几个相知的诗人及画家，谈笑取乐。当时也有像诗人亚普利南尔等，十分理解他，他们认识卢梭的"艺术"，为他介绍，又帮助他的生活。第二妻又比他先死。老年的卢梭，还是少不来女人，六十四岁的老头子恋爱了一个五十四岁的寡妇，演出可怕的悲剧与喜剧。六十六岁的初秋，他在巴黎郊外的薄暗中独自寂寞地又愉快地死去。

卢梭的作品，在各点上都是单纯的。他不像现代的别的画家地取科学的态度，也没有什么特殊的研究。他只是生在乡下、住在巴黎市梢的一个风流 proletariat（无产者）。不受教育，也没有现代意识；他的单纯明净的心中，只有所看见的"形"明了地映着，犹似一个特殊构造的水晶体。所以他不像印象派画家地意识地感到光线、空气、运动，而描写它们。他只是依照他眼中的幻影而描出静止的、平面的、帖纸细工似的形象。经过传统的洗练的名人的技巧等，在他的画中当然没有。然而他的优秀的视神经毫不混杂，他只是清楚地看见他所看的东西，而把它鲜明地表现出。所以他的表现很是写实的；然而也只有他自己看来是写实，别人看来完全是主观的表现。在他，没有客观的真实，只有他的感识内的真实是存在的。他就忠实地细致地描写这真实。他所写生的现实的世界，不是眼前的实物的姿态，而是由记忆描出的。他的单纯而幼稚的记忆，当然是一种幻象的真实——现实。所以他的画中，常有幼稚的装饰的附加物，意识地或无意识地添附着。自画像的后面添描船；诗人的肖像画，手中添描石竹花。这等并不是什么象征，只是像孩子们所描的无意义的装饰而已。在他的画中，现实的世界与梦的世界，作成不可思议的谐调，所以他的画足以诱惑观者的心。在他看来，现实与梦没有什么境界，二者同是一物——梦也是现实。他的变态的主观主义，即在于此。

《新时代的四大画家》

西洋的后期印象派的绘画，
是受东洋画风的感化的。
然这东洋画的感化，
在后期印象派中并不十分深；
到了所谓野兽派，
东洋画化的倾向愈加明显了。

香餌自香魚勿食
釣竿只好立蜻蜓

西洋画的东洋画化：野兽派

何谓野兽派

一班画家叫作"野兽群"（les fauves），其画派叫作"野兽派"（Fauvisme），未免使人稍感奇怪。然而我们须要晓得这两点，即第一，这当然不是画家们自己的命名，乃旁人给他们的称号，与"印象派"的名称来源同一情形。第二，这所谓"野兽"，乃是西洋人的意见；在我们中国人看来，也许不以为奇，不承认其为"野兽"。因为野兽派绘画，就是奇怪化的西洋画，东洋画大都是奇怪的。

试看马蒂斯（Matisse）作的《青年水夫》。《青年水夫》中处处是粗枝大叶的笔法，眉、眼、鼻、口、面、颈、手，均用粗大的线。衣服的形状与皱痕非常简单，曲线单纯而质朴。到处落笔为定，全幅一气呵成。可惜这插图是翻版，要是原色版，我们更可看见其色彩也与形线等同样地单纯、质朴、原始、粗野。

奥德芒（Ottman）作的《夏日》，写实功夫比前幅深一点，然而处处作单纯的、平面的表现，使人起剪纸细工似的感觉。卖氢气球者的面貌，用简单的数笔，表出幼稚的远近法，却又朴雅可爱。前幅的青年水夫的面貌，与这卖氢气球者的面貌，显然同一笔法，虽然犯越解剖学与远近法，而另有超乎规矩与法则之外的可爱之处。

关心于西洋画的人，一定承认这种画在向来的西洋画中是特殊的、异端的、别开生面的。因为向来的西洋画（印象派以前），都是注重写实的。即对于客观事物的形状色彩的描写，西洋画向来是很忠实的。说得粗拙一点，向来的西洋画都是近似于照相的，从来不曾有过像这《青年水夫》一类的画法。这《青年水夫》，似乎不是用西洋的油画刷子来画的，而是描"钟馗"或"达摩祖师"的中国画笔底下的产物。故所谓"野兽"，乃是西洋人的意见，西洋人一向看惯忠实细致的作品，对于这《青年水夫》就觉得奇怪、粗野，就名之为"野兽派"绘画。我们中国的画本来单纯、奇怪、警拔。所以我们看了这《青年水夫》，方喜西洋画的"归化"东洋，不嫌其为"野兽"了。

西洋的后期印象派的绘画，是受东洋画风的感化的。塞尚、凡·高、高更、卢梭的画，都有明显的线条，单纯的色彩，即东洋画风的表现。然这东洋画的感化，在后期印象派中并不十分深；到了所谓野兽派，东洋画化的倾向愈加明显了。试更翻阅拙编《西洋美术史》插图，更可明白认识野兽派绘画中的东洋画风的分子。

故所谓 Fauvisme，并非标明旗帜的一种主义。乃是对于塞尚等以后的一班新兴画家的绰号性质的名称。一九〇八年间，有一班青年画家群集于巴黎，标榜这一种画风。人们就呼之为"野兽群"。但他们其实并不结合团体，也没有分明的时期；不过在二十世纪的黎明，大家对于印象派新印象派的绘画觉得沉闷厌倦，而希望新鲜的绘画出世的时候，这班青年画家抱了反抗旧派的胸怀，出来适应这时代的要求，而为同气的朋友。其先锋为：

马蒂斯（Henri Matisse，1869—1954）。

此外有名的画家，约举之有下列诸人：

德朗（André Derain，1880—1954）。

弗拉芒克（Maurice de Vlaminck，1876—1958）。

鲁奥（Georges Rouault，1871—1958）。

弗里兹（Othon Friesz，1879—1949）。

杜菲（Raoul Dufy，1877—1953）。

东根（Kees van Dongen，1877—1968）。

洛朗赏（Marie Laurencin，1883—1956）。

勒同（Odilon Redon，1840—1916）。

奥德芒（Ottman，1875—1926）。

马盖（Marquet，1875—1947）。

洛德（Lhote，1885—1962）。

勒罢斯克（Lebasque，1865—1937）。

塞贡扎克（Segonzac，1884—1974）。

这班画家的作风，都奇怪、粗野，甚至无理、蔑法。然而他们都受后期印象派的塞尚的影响，从塞尚出发。绘画经过了他们的奇怪、粗野的表现之后，就达到变幻、分裂的"新兴艺术"的境地，就有所谓立体派、未来派等的出现。故塞尚是新兴艺术之祖，野兽派画家则是新兴艺术之先锋队。

《野兽派的画家》

野兽派队长：马蒂斯

这"野兽群"的队长，便是马蒂斯（Henri Matisse）。他少时曾在巴黎美术学校肄业。因为他从小露示天才，有特殊的色彩感，又为年长者，故入二十世纪以后，朋友们都推崇他为先辈。所以野兽派在无形中奉马蒂斯为中心。但他的画风，曾经屡次变更。可以表示野兽派的画风，在一九〇四年以后开始。此后四五年间，他曾作《意大利女子》《自画像》《化妆》《西班牙舞女》《青年水夫》等作品。但到了一九一〇年，作风又稍稍变更。即向来的刚强的手法，渐渐变成柔和、自由。有名的《舞蹈》《音乐》《马蒂斯夫人》《画家之妻》《金鱼》等，便是这时期的作品。到了欧洲大战的时候，马蒂斯的艺术也沉滞起来；但战后他仍为欧洲画坛的大家，技术愈加洗练、轻快而清新了。

马蒂斯的绘画，评家比拟之为书法中的草书，最为切当。塞尚的画是颜真卿体，马蒂斯的画是董其昌体，又立体派的毕加索（Picasso）的画是张旭的正楷体,后节所述的鲁奥（Rouault）的画是十七帖的狂草体。用字体来比方画风，颇有兴味。然马蒂斯总之是色彩的画家、感觉的画家。他具有特殊的才力，能从心所欲地表现物象的色彩与形体。然而他没有像塞尚的volume（体积感），又没有像高更、凡·高、卢梭等的特异性，只是一个轻快灵敏的小品画家。试看他的代表作《青年水夫》（作于一九〇六年），最动人的，是其可惊的色的表现。因有这色的效果，全画清新、鲜明，使人感到强的印象，与温暖柔和的感情。然而全画中所用的色只有三种——淡红而稍带黑的背景，深蓝的上衣，青的裤子。三种色彩作成单纯而又丰富的"调和"。深蓝色的帽子底下的黄色的颜面中，用粗线画出着眼、鼻、口、耳。色、线、感觉，都尽量地单纯化了。然而这画只有这点表面的、感觉的快美，此外既无何种内容，又无 volume。只因其在色彩上、形体上或感觉上，显然地破坏传统的约制，对于新兴艺术有大的影响，故这画可说是现代人的精神表现，有高贵的价值。

《野兽派的画家》

野兽派中坚：德朗与弗拉芒克

德朗（Derain）与弗拉芒克（Vlamink）是位在马蒂斯之次的、野兽派的中坚人物。他们二人性格与境遇并不相同，但是很亲切的朋友。

德朗于一八八〇年生于巴黎附近的夏多村中。他的父母的生计很充裕，起初令其研究工业技术，后来他自己改习绘画。但是幼时所习得的这点工业的特性，始终不能泯灭，表现于他的全生涯的作品中。他幼年的时候，就同住在对岸的村中的弗拉芒克相交游，直至长大，二人间的感情不变。所以有人称呼他们两个为"夏多派"。德朗受安格尔（Ingres）及塞尚的影响甚多，这在他的作品中分明显露着。他最初曾在卡里埃（Carrière）的圆室中研究。一九〇四年以后，喜描风景画，受凡·高的感化甚深。到了一九〇七年，他方才真个悟通了自己，寻出了自己的路径，所作的第一幅自己表现的画，便是《群浴者》。后来他又作《构图》，则又分明是马蒂斯的画风。他的代表作，作于一九一〇年之后，即《卡纽的一瞥》《卡纽的桥》等，这等作品更为坚实，且其中立体的表现已很显明，有方形与三角形叠积的风景画。还有《狩猎》《窗》《静物》《少女》及《人物》，也可说是他的代表作。要之，德朗是最健全的理智的所有者。他能正确地解释塞尚，而传递到其次的立体派。在这点上，他在艺术从"现代"到"新兴"的步调中占有重要的地位。不过德朗仅就物象表面而观察，还没有深入内部而研究物体的本质。所以他的艺术，结果仅为塞尚方式的理解者又传达者而止。要之，马蒂斯只是留连于色彩方面的趣味；德朗则已能唯物地表现物象的有机感，在时代上更进一步了。

弗拉芒克（Vlamink）与德朗，同是真率的、端严的、明快的画家。不过弗拉芒克没有像德朗的理知与明察，而有野性与破调，这里面含有弗拉芒克的一种无政府主义的色彩。弗拉芒克生于巴黎，父亲是荷兰人，母亲是法国人。大约荷兰的野生的血，在他身体中没有提净，故发露而为"野兽"的元气。所以他幼时就欢喜野菜的气味，及果物的色彩。他的父亲是音乐家，所以他一早就亲近艺术。后来他曾经加入军队，在军营中被呼为"无政府主义者"。又参加欧洲大战，这主义的倾向愈加深了。他曾经热狂地发表意见："战争一事，在我觉得是一大学问。这可以确证我以前所想到的事。我在文明之下的一切信赖，科学、进步、社会主义，都崩坏了！连对于二十岁时代的友人们也全然不信赖了！我除了我以外已无一人信赖……历史，我也不相信了！绘画，我也不相信了，绘画并没有进步！"从这种思想上看来，弗拉芒克在某一点上是承受了凡·高的衣钵的。他所描的画大多数是风景。一九〇六年以前作凡·高风；到了一九一三年，变成强硬的笔触；战后更加发挥其特色，每喜用白色与青黑色对照，使画面上充溢一种清凛之气。

《野兽派的画家》

粗野的鲁奥、弗里兹和杜菲

比弗拉芒克笔法更加粗野，而作极端野兽派的表现的，是鲁奥。鲁奥于一八七一年生于法兰西。他的画风，是野性的积极的表现，当时的画家中没有一人可同他匹敌。所以他有"野兽中的野兽""地狱的创造者"的称号。他胸中怀抱着非常粗暴、奇怪而可怕的心。他的父母很贫穷，他十四岁时曾经做玻璃画工的学徒。二十岁入美术学校。最初学浪漫派的画风，曾获得罗马奖，为驯良而恪守传统的平凡的青年。自一八九四年以后，忽然面目一变，其画布上现出异样的、可怕的形色来！到了一九〇四年，就变成"野兽群"中的一人，而惯作极奇异的表现了。这激变的原因在于何处？大概因为他是在 proletariat（无产阶级）的下层中度苦闷的生活的"现代的怪物"的原故！同在贫民阶级，音乐师的儿子弗拉芒克与玻璃画工的学徒鲁奥，同属野性，而表现各异。鲁奥所描的，不能说是"丑"。他只是把他的"真实"与他的思想照样描出，把他的 proletariat 的心性的黑暗的一面表出而已。拿他来同无政府主义的弗拉芒克比较研究起来，我们可以看出许多的意义。《小奥朗比亚》《罢拉利拿》，是他的代表作。

弗里兹于一八七九年生于勒阿弗尔港。他父亲是远洋航路的船长。他幼时肄业于勒阿弗尔的美术学校，专心研究古代雕刻的严正的素描。一八九五年，他十六岁时，即从事创作。不久来巴黎，入巴黎美术学校。然而他在校中所得甚微，其大部分时日，在罗浮宫中模写名作。后来他中途辍学，一九〇二年及一九〇三年之间，他来到诺曼底，受了印象派画家莫奈（Monet）的暗示，研究外光，有作品若干幅。再回到巴黎的时候，巴黎已是"野兽"的时代，一群叛徒奉马蒂斯为主脑，正在酿造"野兽"的空气。弗里兹加入了他们的团体，渐渐倾向于马蒂斯式的大胆的单纯化，

与粗而力强的线的表现。到了一九〇七年，他的个性的制作开始
陆续产出。其明年，发表其代表作《秋的劳作》，又续作《渔夫》
《夏》《泉上的女子》等名作。欧洲大战的时代到了，他也被送入
战场，其间他描写《大战的比喻》一幅，为浪漫风的象征的作品。
弗里兹的画风，显然是出于塞尚的。然其表现不及塞尚的力强，
颇有传统的构成画的风味。

　　杜菲是弗里兹的同乡人。起初为工艺美术家，于织物的意
匠上有新颖的研究，又以版画家知名。在什么时候改习绘画，
不详悉；只晓得他在一九〇三年初次出品于独立展览会，但这
时候的作品，还不曾脱出印象派的范围。不久他就受了凡·高
的感化，又得了弗里兹、马盖及马蒂斯的暗示，就做了"野兽
群"的一人。其作品有《废墟》《花篮》《街》《夏的欢喜》《港》
等。他欢喜取复杂的景色，收罗许多物象，作复杂而深奥的排
列而表现。评家都说他是出于印象派，而欲以主观支配现实的
人——一个叙事诗人。

《野兽派的画家》

野兽派新人：东根、洛朗赏

　　东根于一八七七年生于荷兰，十九世纪末，来居巴黎，这时
候他正是二十余岁。他在荷兰的时候，曾经描写风景。自从到了
巴黎之后，全被繁华生活的甘美的情调所迷，而热心地描写巴黎

的"假装舞蹈""戏馆廊下的女子""跳舞"等题材了。他的出品于独立展览会，始于一九〇四年。自此以后，他就在巴黎为知名的画家了。其名作有《二人的侧面》《水浴》《东洋初旅》等。总之，东根是马蒂斯的流亚。他只是在简单平易的线中作出陶醉的感觉而已。所以他的画实在都是速写（sketch），他的特色就是速写。

洛朗赏夫人比较起东根来，更接近于新兴艺术的精神，而深入于直感的世界。这女子生于巴黎的一中流家庭中，幼时从师学画，后来与毕加索（Picasso）、布拉克（Braque，二人皆立体派画家）等交游，就加入了"野兽"的群中。她也曾参加毕加索的立体派运动，然而究竟不能说是立体派的画家。一九〇七年，出品于独立展览会，一九一二年，开个人作品展览会，表示其独得的特殊的感觉与色彩，从此就闻名于世。她代表的作品，有《少女们的化妆》《林中》《弹六弦琴者》《朋友》《鹦鹉的肖像》，又有素描名作数幅。要之，洛朗赏其实只是巴黎一女性，占有良好的境遇，不过具有特异的感觉，不肯妥协于大众，而求自己的表现。所以她的感觉，很是末期的，没有积极的主张，而只有趣味。这趣味中所含有的精华的、现代的，又病的"甘美"（delicate），足以使我们的神经末端发生共鸣。在这点上，这女子与东根等不同，可以加入更新的立体派的群画家中。

《野兽派的画家》

西洋绘画到了立体派而判然地划分一新时期。这是推翻根本的大革命。

貧賤江頭自浣紗

子愷畫

立体派、未来派与抽象派

立体派，推翻根本的大革命

西洋绘画到了立体派而判然地划分一新时期。这是推翻根本的大革命，非以前的小革命可比。我们不妨把过去情形略略回顾一下：

（1）浪漫派是近代画法上第一次革命，从前蹈袭文艺复兴的传统，到了浪漫派注重新趣；从前"以善为美"，到了浪漫派而"以美为美"。德拉克洛瓦（Delacroix）是这革命的元勋。

（2）写实派是画法上的第二次革命。从前必须选择耶稣、圣母、帝王、美人为画题，到了写实派而不拘高下美丑，劳工与乞丐都入画了；从前的画法有一定的型，到了写实派而不复墨守传统，一味忠实描写自然了。其首领就是米勒（Millet）与库尔贝（Courbet）。

（3）印象派与新印象派是画法上的第三次革命。

从前写实派的画笔笔清楚，到了印象派而模糊起来，用色彩的条纹或点纹来画出光与色的大体的印象。题材更不讲究，稻草堆、苹果、罐头都可描成杰作了。第三次革命的首领就是莫奈（Monet）与马奈（Manet）。

（4）后期印象派与野兽派是画法上的第四次革命。从前的画，无论理想的、写实的、清楚的、模糊的，总是依照客观的物象而描写的，换言之，形状总是类似实物的。到了后期印象派，而物象的形状动摇起来，不管形状尺寸的正确与否，只用粗大的线来自由地描出主观的心的感动。从前的画都类似照相，现在开始不像照相，而像东洋画了。这第四次革命的首领是塞尚（Cézanne）。

——以前所讲的，就是这四次革命的经过的情形。

《立体派、未来派、抽象派》

一个人的立体派

毕加索（Pablo Picasso）于一八八一年生于西班牙的南海岸马拉加。他的真姓名是 Pablo Louig，但他欢喜用母亲的姓 Picasso。他的父亲是本地美术学校的教师。

毕加索从小有绘画天才，十四岁时即在本地美术展览会得三等赏。稍长交结当时画家，遇到了塞尚而开始发挥其新派的艺术。又马拉加是静物画的产地，十八世纪中叶以来，静物画极盛，这对于他的新艺术也不无影响。

一九〇一年六月，他在巴黎开第一次个人展览会。当然不被人所容认，然而他绝不失望，交结急进的思想家，更受了高更（Gauguin）的刺激。渐次作出《俳优》《女之头》等作品，已略具立体的表现的样子，然还未达到立体派的特色的"形体的变歪"（deformation）的程度，不过有像石雕一般的表现而已。人们称他这时期的画风为"毕加索主义"（Picassism）。

后来他的画室中放了几个埃及雕刻。他本来不满意于希腊以后的传统主义，现在见了希腊以前的埃及的作品，深为感动，就埋头于这方面的研究。自此，愈迫近于立体派，时人称他为"西班牙的野蛮人"。

这"毕加索主义"是毕加索一人的事业，后来延长起来，加入了许多同志，就成为"立体派"。

立体派始于何时？

一九〇八年的秋季Salon（沙龙）展览会中，第一次发表立体派的绘画不是毕加索，乃是其友人布拉克（Braque）。

展览会的审查员是野兽派的主将马蒂斯（Matisse），他特别通融立体派的作品，入选的很多；从此"立体派"的名称就成了艺术界的新语。

明年独立展览会中就有立体派绘画的特别室。到了一九一三年，立体派竟在秋季沙龙中得到了最初的一般的胜利。会场门前特别写出"立体派的Salon"。

《立体派、未来派、抽象派》

立体派专重形体上的问题

立体派究竟是甚样的绘画？简言之，"未来派专取情感上的问题，立体派则专重形体上的问题"。

形体应该怎样表现？这实在是立体派的根本问题。因为立体派所要表现的，既不像以前的印象派地表现外象的本质，又不像以后的表现派地表现主体自体的本质或态度；严格地说来，立体派所要表现的，始终是"形式"本身的问题。要探求立体派的表现法，可先研究塞尚所始创的立体派的表现——即把三延长（长阔高）的实物表出在二延长（长阔）的平面上的一种浮雕表现法。这种表现法初见于毕加索的，便是"毕加索主义"时代的样式。试看他那时代的作风，实物不求其逼真，就为了他发现我们的普通的逼真的绘画中所用的视觉是不正确的。这一点印象派画家也曾见到，所以他们舍形而追求光的刹那的印象；可惜忘却了"物体自身的固有性"的表出。

塞尚的后期印象派就比印象派更进一步，其空间关系的表现上有了坚实、固定、明确的性质；然而塞尚还迷信着视觉的传统。他过于信用空气的远近法——即空间约束的远近法。他用远近法的力强的表现，使物与物相对立，而表出主观的 accent（着重点，特征）。

毕加索在一九一〇年以前的"毕加索主义时代"，也在种种方面应用这方法。然毕加索非但不信用远近法，又破坏远近法，因此就把不能同时在一视点中看见的物体的各面同时表出了。这样，就要用到对于物象的形体的 deformation（变歪，崩解，畸形化），与这等崩解了的形体的 reconstruction（再构）的两种方法。这是立体派的最本质的第一原理。

其次要探究的，是这从 deformation 与 reconstruction 必然而生的"同时性"或"同存性"的问题。这不仅是立体派的问题，乃立体派与未来派共通的问题。

何谓同时性或同存性？立在一定的场所，眼的焦点（focus）当着一定的地方而观看事物时，普通总以为一瞬间看见一焦点，然而实际上并不然，故现在表现出立体物的各面，就是在时间上或空间上都有了二个以上的瞬间或焦点。这就是在时间上发生了同时性的问题，即在同一时间内看见异时间关系的事物。又在空间上，只看见一面的空间中，可同存地看见各种的面。这在绘画的表现上是全新的方法，倘不抛弃从来的绘画的一切约束，这表现法就做不到，其实这原是很有理由的办法。

试平心窥察我们看事物时的心的状态，虽然没有绝对的同时性与同存性，然而我们看见一件事物的时候，我们的意识必在一瞬间中一齐看见（想起，或意识到）这事物的一切的部分。我们在看见一件事物的瞬间，必然想到其为立体物——即在意识中同时看见这立体物的各面，决不会只看见像从前的绘画中所表现的平面形（然而读者须注意，这并非看见蝴蝶想起春天一类的联想）。

例如我们看一册书，决不会只看见书封面上的某一点，必在一瞬间中把焦点轮流放置在书封面上的各部分上；又不但封面上而已，同时我们的心又不一定用在书的内面，必与现在所看见的书的封面同时显出在我们的意识上。又不但书的内面的形式而已，书的内容也是如此，我们曾经读过而记忆着的这书的内容，也必有几分在这同一瞬中浮出到我们的意识上。例如封面、铅字、插画及其他关于这一册书的一切观念，都是同时同存的；现在显出在我的意识上的，是"书"的全部。所以我们倘要表现这"书"，现在映在我们的心中的这"书"，倘只用从来的画法，像照相一般地单把"书"的外部的封面、轮廓、颜色及封面上的花纹等写出，决不能表出刚才映在我们心中的这"书"。倘要表现这心中的"书"，必须从形式的方面用同时性同存性的表现法，即先把其各面解散，次按照自己的表现方法，从这些解散了的分子中拣取自己所要表现的分子出来，同时地、同存地描在画中。所以画中看见书的表面，同时又看见里面 page（页）、插图，或曾受特殊印象的铅字的一部分……并不整齐排列，依了主观的要求而相交错混杂地表现着。——这是立体派的表现形式的同时性与同存性的一种理论及实际。然这问题对于未来派关系更多。因为立体派不是从这种思想的理论上出发的形式表现，而是从形体自身追究形体的。即绘画因塞尚等而雕刻化，今又因立体派而建筑化。立体派全是构造，故其绘画表现也被原理化、构造化了。构造是音乐的，和声的，是构造自身的一种统一，一种规则。——要之，立体派是在新意义上征服空间与时间的，又可说是人类在观念与表现上征服了自然；于是主观方能任意驱使自然。

《立体派、未来派、抽象派》

立体派那些人

布拉克（Georges Braque，1882—1963）是最初出品立体画的人，是毕加索的协力者或内助。他是巴黎人，起初为装饰画工，后来与野兽派女画家洛朗赏相识。由她的介绍而认识毕加索，就趋向新派的绘画。一九〇六年，他最初送出品于 Salon 展览会。但这时候仅带立体化的倾向，尚未完全立体化。一九〇八年，始发表完全的立体派的绘画，然而他的作画的动机不是自发的，是受毕加索的指使的。毕加索怀着立体主义的理论，而先命布拉克试验，故评家谓布拉克不是独创性的人，是毕加索的鹦鹉。

梅景琪（Jean Metzinger，1883—1956），是又一立体派画家。因为立体派后来并未向立体主义的原理进取，而停顿在一九一〇年前后的状态上，即停顿在"毕加索主义"上，后来只有梅景琪与下述的格雷兹还是立体派的理论家。梅景琪是法国人。起初研究新印象派，觉得不满足，改学野兽派。后来逢到了毕加索与布拉克，就深深地受了他们的感化，一九〇八年，开始发表立体派作品，印象派画家特尼（Denis）曾评他为"无色无形"。

格雷兹（Albert Gleizes，1881—1953）是立体派的实行家又理论家、说明者，为最重要的人物。他发表关于立体派的论文。他是巴黎人，最初学印象派，又参加野兽群。受了塞尚的影响，终于归附立体派。一九一一年开始出品于独立展览会，以后续出作品甚多。他对于自己的艺术，有这样的论调："艺术的制作中可观的，只有精神。然这精神隐藏在物的里面。这是神秘的事！

埃斯塔克的房子
布拉克（法国，立体派）

我们必须努力去发现它。故绘画不是物的模仿……从一时的事物
上出发，而达到于永远。"

莱热（Fernand Leger，1881—1955）是现代立体主义的代表
者，比毕加索资格更为完全。他是法国人。他的加入立体派甚迟，
然其作品的题材最广。现代艺术上最主要的题材，飞行机、铁桥、
车站等现代的题材，在他的作品中均有立体的表现。他具有现代

人的重要的一面，故比上述诸人更有代表立体派的资格。

格理斯（Juan Gris，1887—1927）与毕加索同是西班牙人。初到巴黎入美术工艺学校，后返国，与毕加索时相过从，终于参加了立体派。一九一二年初发表其立体派作品，后来作风渐次机械的，达于极点。他的画都像粘贴的切纸细工，评家指他为科学主义者。

赫尔宾（Auguste Herbin，1882—1960）是典型的立体派画家之一人。他是法兰西人，与梅景琪同从新印象派出发。不久受了塞尚的感化，渐次接近于立体派了。他的特点是彩色的研究，为毕加索所不及。

以上数人为立体派中最有名的画家。

《立体派、未来派、抽象派》

未来派，感情的突击与爆发

到了未来派，不但打破艺术的传统的"形式"，而又否定、排斥思想的传统、一切既成的传统，而表现、创造他们自己的新艺术。未来派是从情感上出发的，所以最初就不拘形式。形式无论甚样都不成问题，问题全在于"感情"（feeling）。使郁勃于内部的激情，恣意地迸发，以表出革命的、破坏的、最急进的新兴精神。他们超越一切传统、概念，及根据这等传统与概念的批判，而在全新的"情感"的世界中用"艺术"的形来表现其主观，故所谓"未来派"，可否视为本来的意义的一种"艺术"，实在还是问题。

他们当然不再在对象的世界中陶醉或观照，只是发射他们的猛烈的激情的 feeling。所以未来派的艺术是乱暴的、粗野的、革命的、破坏的。

他们并不是真要创造什么东西，立体派或者可说是想创造立体的"艺术"的；未来派则只有突击与爆发，只有这一点 feeling（感情）。所以未来派既非形式，实在又非内容与思想，只是像爆裂的炸弹，内容爆裂而已。只是 dynamic（动力，能动）的力；这力的表现，称为"未来派"而已。

《感情爆发的艺术》

未来派在艺术上虽然没有举多大的效果，但在种种意义上它是极奇特的运动。例如印象派、立体派等名称，都是别人给他们起的绰号之类的嘲笑的称呼，不是美誉的。只有未来派不然，是自己定的。

又一般的艺术家，大都最初自己也没有拿定什么主张，听其自然地做去。未来派则不然，是主义与运动的积极的活动。又别的流派，大都最初没有一个中心人物在那里主动。未来派也不然，起初就有马里内蒂（Marinetti）为中心人物而指挥运动。又别的艺术，尤其是绘画上的主义或流派，大都限于绘画一方面，至多及于雕刻而已。未来派又不然，普遍地为艺术上的一般的运动——不但如此，又为生活上的一般的运动。未来派运动并不限于绘画及雕刻，最初就要把诗、音乐、剧，统受"未来化"。又发表堂皇的议论，作宣传的演说。这实在是极有生气的。

《感情爆发的艺术》

未来派主将：马里内蒂

未来派因了其主将马里内蒂的存在而色彩鲜明了。发挥如上述的未来派的特色，为其中心、主唱者，又宣传者的人，实在都是马里内蒂。

菲利普·马里内蒂（Filippo Marinetti, 1876—1944）是纯粹的意大利人。留学于法国，为索尔蓬大学（巴黎大学）的法学博士。他是大工场的所有者，每年获利甚巨，他有世间的信用，又有财力，又有才干，能作诗、作剧、议论、演说，真是一个有为的男子。他就乘机发起这未来派运动。一九〇九年二月二十日，他在巴黎发表第一回未来派宣言书。其宣言书分十一条，大旨是攻击"过去派"的传统主义之下的艺术，同时建设"未来派"。这原不但是对于艺术的挑战，他们"赞美战争为世界唯一的卫生事业，赞美军国主义、爱国主义、无政府主义者的破坏行动，赞美'杀人'的美丽的观念，赞美妇人的轻狂……"一看全是茫无头绪的论调。他们又高唱"从时代上救意大利！""战争万岁！

《感情爆发的艺术》

把空间当时间的未来派

要之，未来派艺术的原理上的特征，是"情感的爆发"；其表现手段上的特征，是"瞬间性""同时性""同存性"三端。即未来派常从心象的情感的疾走的表现上出发。所以画中有一切的时间关系。印象派是把时间看作空间的；反之，未来派是把空间看作时间的。故未来派是从绘画雕刻上开始的、最明快的时间表现的艺术。这在过去并非未曾有过，然现在是"艺术"的真的时间化。时间化的一面当然带着运动化，这运动又是瞬间的。未来派艺术家的心象，是时间的疾走，瞬间追逐瞬间的心象。所以未来派要捕捉为心象的元素的"瞬间"来表现。因此他们要考虑特殊的表现法，怎样可把瞬间连续的心象表现在只有一个瞬间的绘画或雕刻上？他们要表现马的飞驰，试描二十只马脚。这就是"瞬间的连续""瞬间的积集"的表现法。

《感情爆发的艺术》

何谓抽象派

"抽象派"（Abstractionism），又称"构图派"（Compositionism），又称"至高派"（Supremacism），主用于康定斯基的艺术上。抽象派从未来派受得的影响很多，或可说是从未来派出发的。

何谓"抽象派"？就是在立体派的形体破坏与再构上，又发

作品七　康定斯基（俄罗斯，抽象派）

现了把艺术"抽象化"的一条路。未来派虽已轻视形体，但未曾"无视"形体。他们以形体为表现的工具，而表现的主体是情感。从这主张更进一层，表现情感时不必借形体为工具，便发生这抽象派。譬如从一个女子受得了很深的印象，这印象一定不是从这女子的全部上得来，而是从头的轮廓，或眼，或口上得来的。例如轮廓的线的感觉，眼的魅力；但这线与魅力，用写实的表现不能尽量表出。因为我们所要表现的不是那女子的颜及眼，乃是从颜与眼所受得的情感（feeling），故不必真个画出颜与眼的形体。

这是抽象派的发端。康定斯基的画大都全无形体,只有纯粹的
"色"与"线"。

何谓"构图派"?自后期印象派以来,"构图"一事在绘画上
发生了非常重大的意义。绘画不是外界的物象的再现,不是与外
界的物象有相对的关系的。构图是一个独立的空间,必须有脱离
写实的特殊的构成——有长,有阔,有深的一个构成。所以构图
是艺术的重大的要素。但现在所谓"构图",并非指普通的装饰
的构成,是指内面的意义上的,对于自然的"精神的反应"的造
型的表现。再深入这艺术的境地,达于极端,结果就是把这自然
的外观还原而为完全抽象的"线"与"色"的谐调。这就是康定
斯基的"构图派"。

《立体派、未来派、抽象派》

抽象派的代表人物:康定斯基

康定斯基(Wassily Kandinsky,1866—1944)是俄罗斯人,
生于莫斯科,三十岁时迁居德国的慕尼黑(München),就长住在
德国了。一九〇九年,与其他的青年画家、音乐家、诗人等共组
一"新艺术家同盟会"。同年冬,在慕尼黑开第一次展览会。又
在德国及瑞士的各都会展览,批评甚好。一九一一年,其同盟会
分组为二,康定斯基与下文所说的表现派画家马克(Franz Mark)
等另为一组,名曰"青骑士派"。后来与青骑士派不知所终。马

克转为德意志式表现派的画家，唯康定斯基仍是提倡又实行极端的"构图主义"。

康定斯基自己说，在他个人的经验上，有描再现的绘画的时候，与达到精神的表现的艺术的时候。他把自己的画分为下列三种：

（1）再录外的自然的直接的印象的——印象。

（2）无意识地自发地表现内的特质即非物质的自然的——即兴。

（3）经过熟考的构成的内的感情的表现——构图。

即由知性意识到了创作的目的，而徐徐地表内的感情，方能作成"构图"。在那里早已不能认识外的物质的自物的幻影。这犹之近代的音乐，听去全无自然的鸟声、水声等的模写，而只在美妙的音的谐调中感知作者的精神。故康定斯基的绘画，犹如用抽象的线、面与色来作曲。这等线、面、色，综合而奏出的韵律，他称之为"精神的谐调"（spiritual harmony），在这点上看来，他的艺术与毕加索的艺术是同一根本原理的；不过康定斯基对于色彩方面更多意识，而置其绘画的精神的效果的基础于色彩的方面。

《主体派、未来派、抽象派》

这完全脱离物质的形似，而用抽象的"形"与"色"来表出精神的谐调。康定斯基自信这是艺术的最高境，所以又名为"至

高派"（Supremacism）。同时他又研究 "色" 的性质。例如赤是灼
热的，是内面的；绿有安静之感；黄有外向的运动力，盲目地突
进与人类的精力相似。又研究 "形" 的性质，谓并列的各 "形"
能因相互的关系而起变化；又各个的 "形" 能在自身中起变化。
他就利用了这种形与色的微妙的性质，而达到他的内在的感情的
造型的构成，犹之音乐家的辨别单音与协音的性质而用以作曲。

完全脱离形似而抽象了的内的感情的 "造型的表现"，他称
之为 "交响乐（symphonic）的构图"。又自然的形似虽尚存而当
作精神的谐调而组成的绘图（例如《马与骑者》），他称之为 "旋
律的（melodic）构图"。据他说，这种单纯的构图，由后期印象
派的塞尚及瑞士画家霍德勒（Ferd Hodler）给它新生命而使成为
"律动（rhythm）的"。塞尚与霍德勒的画的确是 "构图的"。霍特
勒的画虽然并不用抽象的形与色，仍描出着物质的自然的形似，
但这种物质的自然的形似都不过是当作画面的律动的构成的一要
素而取用的。康定斯基在广义上也可说是表现派的画家，霍德勒
原是德意志表现主义的代表的画家之一人。故抽象派与表现派也
颇有共通的点。塞尚以后的新兴艺术，大概都同气而有互相联络
的点。

《感情爆发的艺术》

表现派的第一目的，
是主观内容的积极的表出。
表现派的表现，
不像立体派地注重形式，
也不像未来派地注重动与力，
而是注重『内容』。

小學時代的先生

課王文

子愷畫

表现派与达达派

表现派的发生

一九〇六年，德累斯顿发起一个艺术运动的团体，名曰"桥社"。这团体发行机关杂志，又开展览会。其中主要的人物是施密特－罗特卢夫（Karl Schmidet-Rottluff），基尔希那（Ernst Ludwig Kirchner），及佩希斯坦（Max Pechstein）。佩希斯坦在这艺术运动中为最有力的人。他从南洋归来，努力于描写强烈的光线与原始的生活，作风比其他的诸家更为刺激强烈。这团体就奉他为中心人物。一九一〇年，佩希斯坦赴柏林开展览会，加入的同志甚众，在德国艺术界为从来未有的盛况。德国在绘画上向来是不振兴的，在绘画史上少有特别可记录的画家。这长期的沉默的反动，就产生了表现派大画家佩希斯坦。

不久慕尼黑地方也响应了。一九〇九年，慕

尼黑地方发起一个"新艺术同盟会"。当时德国最一般的新艺术运动是所谓"分离派"（Sezessionism），这"新艺术同盟会"便是反抗分离派的。同盟会中的主要人物，是卡诺尔特（Alexander Kanoldt）、马克（Franz Mark）等。此外俄国的康定斯基（Kandinsky，见前抽象派）、法国的东根（Dongen，见前野兽派）、毕加索（Picasso，见前立体派）等也都来参加这运动。

这一年冬季，他们在慕尼黑开绘画展览会。但结果大受公众嘲笑诽谤，各报纸上都有侮辱的批评。但他们全然置之不理，只管奋勇前进，继续在德国及瑞士各都市大开展览会。虽然没有一处不受公众的反对，但在各都市也获得了不少的同情的友人。明年秋季，又开第二次展览会，会员比去年更多了。其运动就传达到柏林。

《最近的西洋画派》

表现派是现代的

表现派是现代的，同时又是德意志的。这是根本上与拉丁文化相反对的一种条顿文化。法兰西所代表的拉丁的人类生活的样式，向来墨守希腊以来的传统，注重外部的感觉主义与直观主义，所以在一切艺术上构成着一种陶醉的蜃气楼。至于德意志人的（条顿人的）意力主义，则向来在艺术上有主观表出、意志表现的特色，到了现代就产生表现派的艺术。条顿民族的艺术，大

概有严峻、强硬、苦涩、深刻、苛烈的倾向，与闲雅秀丽的拉丁
民族的艺术完全异趣。

《最近的西洋画派》

表现派的第一目的

故表现派的第一目的，是主观内容的积极的表出。表现派的
表现，不像立体派地注重形式，也不像未来派地注重动与力，而
是注重"内容"。换言之，是注重精神或心灵的本质的价值的。
表现派的绘画原也有"形式"；但其形式不过是"内容"表出上
所必取的手段而已，与立体派的毕加索所研究的"为形式的形式"
完全不同。故在表现派，"艺术"完全不是外界物象的形似或再
现。关于外界物象方面的事，已有立体派、未来派、抽象派等艺
术家彻底研究过，表现派的人们可不必再来研究这方面的事。表
现派欲与前者取反对的路径，而从内容出发，主张一切外象的主
观主义化。

内容的主观主义化，就是主观的积极的意力的表现作用。故
表现派的内容，可说就是"意志"，或"意力"，即人类的意志，
生命的力。故表现派画家不必像印象派画家地探究事象的外部，
不必接近自然，不求与自然相似。他们所努力的要点，是尽力把
主观表出，高调地表出，使第三者也能受到与作者同样强烈的感
动。故表现派绘画不是"写实"的，而是"写意"的，即"象征"

的。作者胸中的强调的意力，在画中作强调的表现，使观者胸中也起同样的心的兴奋，是表现派所努力的要点。"表现"不是说明，不是报告，当然用不着纯客观的写实，只要借一种象征的手段来传达主观的意力就是了。

《最近的西洋画派》

表现派中的那些画家

（1）佩希斯坦（Max Pechstein，1881—1955）是表现派的主将。他是德累斯顿人，幼时亲近自然，为田舍儿童。二十岁方入德累斯顿的工艺美术学校，在学中非常勤苦。出校后，一九〇六年曾参加"桥社"的团体，尽力从事表现主义运动。三年后，一九一〇年，其三幅作品在柏林的分离派展览会中入选，时评很好。次年，又加入了新分离派，努力作裸体画。其间他常常作意大利旅行，赞叹南国的刺激的生活，从此发心游历东洋。一九一四年四月，向东洋出发，经历印度、中国、菲律宾、日本。是年十一月，由长崎来上海，又赴马尼拉。这时候恰逢欧战勃发，他暂时赴中立的美国小驻，不久就归国，加入战队。一九一七年春退伍，从此专心于绘画。他把东洋游历中所受印象最深的南洋群岛的风景与人物，表现于绘画中。其作品最为世人所称誉。在表现派的诸作家中，他是最稳妥的代表人物。其代表作有《朝》《夏》《玩具与孩子》《美术家之妻》《自画像》《雪景》《漕人》《河中风景》等。

（2）赫克尔（Erich Heckel，1883—1970）也是德累斯顿人，与佩希斯坦同是"桥社"的会员。他的艺术，从客体主观化的新自然主义出发，转入大胆的自己表现。他的人生观以懊恼苦闷为基调，欲图自救，就向着宗教的境地而突进，所以他是表现派的积极主义者，为象征的宗教表现的画家。杰作有《海上的圣母子》《祈祷》《自画像》等。

（3）施密特－罗特卢夫（Karl Schmidt-Rottluff，1884—1976）生于德国的罗特卢夫地方。一九〇六年加入"桥社"。他的作风是"简单化"。用寥寥的数笔，作 sketch（速写）风的绘画。他的表现法，受后期印象派的高更（Gauguin）及原始艺术、土人艺术的影响，有简朴的特色，与佩希斯坦相似，但比佩希斯坦为硬直。其作品知名者有《赤砂》《B. R. 像》《朝景》《渔夫与舟》《月影》《户外的 act（活动）》等。他又擅长木版画，在版画界中开拓一新境地。

（4）科科施卡（Oskar Kokosdhka，1886—1980）生于维也纳。他是画家又演剧家。其绘画自印象派出发，后来脱出了印象派，从事自己表现。他的油画，颜料最费。把颜料从管中榨出，直接堆涂在画布上。试看其《自画像》即可知。这办法确有"动"的效果，可给观者以很强的刺激。但他的特质只限于表面的技术，内容大都是固定的。但他的特殊的表现法，于人物描写上效果很大，故与佩希斯坦等一同被尊为表现派的元老。

（5）梅德纳（Ludwig Meidner，1884—1966）是贝伦斯塔人。

他最初描浪漫派的宗教画，又转入印象派中。后来到巴黎，受了塞尚等的影响，大为感动，说："巴黎是我们的真的故乡！"从此便开始了表现派的制作。其作风为深刻的象征的表现，与陀思妥耶夫斯基（Dostoyevsky）的《卡拉马佐夫兄弟》相同调。其名作有《我与街》《自画像》《霍乱》《场末的光景》等。大都是阴惨的、激烈的表现。

（6）莫格纳（Wilhelm Molgner，1891—1917）生于威斯德发伦。幼时欢喜音乐，常自命为音乐家。他的本性是孤独的，欢喜在田野中散步，对于自然亲近起来，其兴味也渐渐改向绘画方面。一九〇九年，发表其名作《磨小刀的人》，就以画家知名于世。他的画风，起初近于印象派，后来移向抽象方面，受康定斯基的感化。欧战爆发，他加入军队，被遣往西部战线，负伤而还。病愈，又赴战场。一九一七年八月入战阵后，消息全无，大概是死在沙场上了。年仅二十六岁。

（7）夏加尔（Marc Chagall，1887—1985）是后期表现派的中心人物。以上所述的六人是表现派的人物，以后所述七人是后期表现派的人物。夏加尔是犹太人，而生于俄罗斯。幼时长育在俄罗斯农民生活中。后来到了首都，也一面学画，一面劳动。一九一〇年，始来巴黎。他的犹太人的本质接触了巴黎的文化，即爆发而为表现派的创作。一九一四年归俄罗斯，用全新的眼光眺望故乡，所感刺激更深，所产作品也更加新颖。其代表作有《家畜商人》《我与村》《自画像》《诞生日》《青的家屋》等。莫斯科的犹太人剧场的壁画，也是他的名作。

（8）乌顿（Maria Uhden，1892—1918）是一个德国中等家庭的女子。起初在慕尼黑研究。后来到柏林，见了夏加尔的作品，大受感动，就一变其作风，而加入新表现派的运动中。一九一五年，开第一次个人展览会。其表现都是不可思议的幻想的世界。她欢喜描动物。牛、马、骆驼等，是她的画材。又欢喜描激烈的变动。例如其名作《街的火灾》，为她的精神生活的一象征。后来与施林普夫（见后文）结婚，生一男儿。不久她就死在慕尼黑的病院中，享年仅二十六岁。

（9）康彭东克（Heinrich Campendonk，1889—1957）是莱茵地方的人。其画风与夏加尔、乌顿相同。一九一〇年前后，曾受马克（Franz Mark）与康定斯基的影响。他的特色是小儿的原始风。他的小学时代以前的天真的儿童气，常常确实明晰地保留在他的作品中。他的作品中最有特色者，为《静物》《二爱人》《寡妇》《猫与少女》《骑者》《浴人》等。

（10）克利（Paul Klee，1879—1940）生于瑞士，其父亲是德国人。父母都是音乐家，故克利幼时也受过音乐教育。一八九八年，他到慕尼黑，始改绘画生活。后来游历意大利。一九〇六年，第一次在慕尼黑展览会中出品。其画风略受塞尚、凡·高的影响，而有畸形的特色。又研究色彩的抽象的罗列，有康定斯基的抽象表现的画风。一九一五年曾参加战队，为步兵、飞行兵，又为军中会计系职员。战事告终，他仍为画家。此后其画风愈加超脱一切理论与既成的关系，而作纯感性的表现。

（11）施林普夫（Georg Schrimpf，1889—1938）就是前述的

女画家乌顿的丈夫。他是德意志后期表现派中最代表的一人。生于慕尼黑，少年时代曾度放浪的生活，飘游各地，在比利时曾为旅馆的茶房，又卖面包、卖煤。在德意志北部各都市从事种种劳动。一九〇九年归故乡，投身于无政府主义党。以卖面包为业，利用空闲的时间，作小品的绘画。他的作风，画面有音乐的melody（旋律）的效果，全然排除传统，用最新鲜的意识作画。其特色是安定、明了、力强。代表作有《抱猫的少女》《访问幼儿》《自画像》《S夫人》《孩子与豚》等。

（12）格罗兹（George Grosz，1893—1959）为graphic画家，就其技术上说，在杜米埃（Daumier）以后为第一人。一九一五年始以画家知于世。其作品中有深刻的讽刺画，如《休假日》《Proletarian（无产者）的光与空气》《身体检查》等便是。他在现代画家中，是用革命主义的精神描写社会事象的第一人。

（13）阿基彭可（Alexander Archipenko，1887—1964）是雕刻家，但又可当他是画家。他是实行撤废雕刻与绘画的界限，而作造型化的表现的新艺术家。他是俄罗斯人。他的作品中，有一种可称为"绘画的雕刻"或"雕刻的绘画"的彻底的表现。他用平面的金属、木片或纸张，在其上描出或雕出他的新的造型作品。他的主张，是追求表现的纯粹，以达于构造原理与作用的根本的原则化，和纯粹的直感的"造型"化。

德国从事表现派运动的人物很多。上述十三家是其最主要者。

《最近的西洋画派》

虚无主义的达达派

一九二〇年左右,又有瑞士人在欧洲提倡虚无主义的(nihilistic)艺术,就是所谓 DADA 派(达达派)。

DADA 派的艺术,完全没有内容,其绘画都是图式的。这全是艺术的破坏、破灭的表现,即虚无主义的表现。这种主义的运动范围在现代欧洲当然很小;且究竟是否一种艺术,亦未能确定。不过这也是现代艺术的复杂的一面,且确有一班人在那里认真地宣传,号召响应。故现在介绍其大概的情形在这里。

试看《查拉肖像》,一条直线上画五个圆圈,旁边又画些波线,注些文字。

——这叫作 Tristan Tzara(德理斯当·查拉)的"肖像"。看到这幅肖像画的人,除了作者的同派画家以外,恐怕没有一个人不要失笑吧。这就是 DADA 派的图式的绘画。

《虚无主义的艺术》

什么是达达主义

只晓得这主义运动的开始,在于一九一六年。有一班对于欧洲大战不关心的人们,在巴黎的一所咖啡店内团集会议,创生这 DADA 运动。其最初惹起世间的注意,在于欧洲大战休止之后,世人正要求一种新鲜的艺术生活的时候。

DADA，在法语上是一种儿童语，即 "马儿"（玩具的木马）
的意义，又有 "持论" "宿论" 之意。但 DADA 派所用的，则是
他们的世界中的语言，第三者不能辨别其意义。他们的世界中，
有一种特别语言，叫作 "DADA 讹"（patois Dada）。他们开朗读
会的时候，就用这种 "DADA 讹" 朗读作品。

《虚无主义的艺术》

奇怪的会议秩序

他们群集于巴黎，欲树立一旗帜。

一九二〇年二月五日，开大会，举行示威运动。他们的开会
秩序如下：

Francis Picabia（弗朗西斯·皮卡比亚）：民众十人读的宣言

Georges Ribemont-Dessaignes（乔治·讲贝絷－迪赛涅）：民
众九人读的宣言

Andre Breton（安德烈·布勒东）：民众八人读的宣言

Paul Dermée（保罗·德尔美）：民众七人读的宣言

Paul Éluard（保罗·艾吕雅）：民众六人读的宣言

Louis Aragon（路易·阿拉贡）：民众五人读的宣言

Tristan Tzara（德理斯当·查拉）：民众四人及一 journalist（新
闻工作者）读的宣言

他们的大会按照这秩序而庄重地进行。后来他们又开种种绘画的展览会及朗读会，渐渐惹起世人的注意。

《虚无主义的艺术》

达达派最有力的画家

在 DADA 派的人们看来，传统的形式美等已经不成问题，只要把自己所欲表出的意义直接传达于对手，就已经很满足了。结果他们的艺术是"记号"的或"图式"的表现。

DADA 派的最有力的画家，名叫皮卡比亚（Picabia）。《查拉的肖像》就是他的作品。这是"图式"的特征很露骨的表现：一条垂直线上画五个圆圈，最下方一个是黑的，其下左右分注 Tristan Tzara 的姓名。圆圈的左右画些波状线，左方的波状线的旁边注有 illusions（幻影），右方的波状线的末端注有 certitude（确实性）。从下方逆数，第二与第三个圆圈之间，注有 Féeries des idées（观念的幻术）。第三与第四个圆圈之间著有 Mots. Vaporiser（法语，蒸发）。第四个圆圈里面有十二个黑点，好像一种果实的断面图，其里面写着 fleur（花）。这圆圈与最上方一圆圈之间，写着 Parfume（香）。

这是 DADA 派首领德理斯当·查拉的肖像，作者皮卡比亚还有一幅作品，题曰 Tableau peint pour raconter et non pour prouver（《为说述而作的，非为证明而作的画》）。其犹似一种机械的设计图，第三者全然不懂。

《虚无主义的艺术》

反传统的达达派画家

　　还有一个 DADA 派画家，叫作杜尚（Marcel Duchamp），也有一幅奇特的绘画。他拿一幅文艺复兴期大画家列奥纳多·达·芬奇（Leonardo da Vinci）的世界的名作《Mona Lisa》（《蒙娜丽莎》）的复制品，在其妖艳神秘的微笑的颜面上加上两笔胡须。看的人无不惊倒！又有一个画家在一张大纸上洒几点墨水，题曰《圣处女马利亚》。

　　从这种奇矫的作品中，可以察知他们的极端的反传统的态度。

《虚无主义的艺术》

　　达达派的中心思想究竟是什么？我们实在不懂。就是他们的宣言，在门外汉读了也全然不解。今将其首领特里斯唐·查拉的宣言中意义略可懂得的部分节录如下：

　　……我作这一篇宣言，但我并不要求什么。我只是说一件事。我反对主义的宣言。我也反对主义……我作这篇宣言，是欲告诉人们，一个人能在一呼吸中同时举行完全相反的两种动作。我反对动作。不是为欲防止矛盾。不是为欲求肯定。我既不赞成，又不反对。我也不说明。因为我是嫌恶意义的。

达达——这是驱逐观念的一句话……

达达并无意义。

我们要求真实、强烈、正确而永久不能理解的事业。论理都是错误的。论理常是恶的……

我们不是 Dadaist（达达主义者），实在不能捉摸这宣言的真意。不过从"非人的行动的觉醒"一句话上，可以想象他们所理想的新的世界的一端。

在某种情形之下，所谓的"人性的"行动，犹如阻碍水的流通的尘埃。必欲使水流到可流的地方而止的欲念强大的人，非像 DADA 主义者地呼号"非人的行动的觉醒"不可。以人性表现为唯一的避难所的文学的态度，是怯弱的。在 DADA 主义者的眼中看来，现代法兰西的艺术都犯着人性的弱点的甘美的诱惑。美国某批评家说："DADA 主义，是从法兰西艺术中除去对支配者的'奴隶的阿谀'的一剂对症药。皮卡比亚所以不画传统的肖像而描机械设计图一般的画，就是如此。"DADA 派的人们，嫌恶那充满"奴隶的阿谀"的甘美的法兰西空气，而憧憬于到处有摩天的高层建筑及力强无边的机械力的亚美利加的近代的都市。他们在那里发现一种无视堕势的人间行为的、新鲜而旺盛的力。

以上是森口多里对于 DADA 派艺术的论见的大旨。但他不是

Dadaist，也不过是从旁猜度而已。他自己也说："我对于 DADA 派见解，不知是否得当？用千年前的基督教艺术来比方 DADA 派的画，不知又将蒙 DADA 主义者的叱责否？"

《虚无主义的艺术》

图书在版编目（CIP）数据

人心的"趣味" / 丰子恺著；钟桂松编．—上海：上海
三联书店，2020.8
（大家讲述）
ISBN 978-7-5426-7035-9

Ⅰ．①人… Ⅱ．①丰… ②钟… Ⅲ．①散文集－中国
－现代 Ⅳ．① I266

中国版本图书馆 CIP 数据核字（2020）第 075902 号

人心的"趣味"

著　　者 /	丰子恺
编　　者 /	钟桂松
责任编辑 /	程　力
特约编辑 /	鞠　俊
装帧设计 /	鹏飞艺术　周　丹
监　　制 /	姚　军
出版发行 /	上海三联书店
	（200030）中国上海市漕溪北路 331 号 A 座 6 楼
印　　刷 /	三河市中晟雅豪印务有限公司
版　　次 /	2020 年 8 月第 1 版
印　　次 /	2020 年 8 月第 1 次印刷
开　　本 /	640×960　1/16
字　　数 /	101 千字
印　　张 /	16.5

ISBN 978-7-5426-7035-9/I · 1630

定　价：42.80元